Gerald Chmielewski

SIEBEN
WOLKEN
FLIEGER

Grabautzki, was nun ?

Gerald Chmielewski

SIEBEN WOLKEN FLIEGER

Grabautzki, was nun ?

Isensee Verlag
Oldenburg

Lektorat: Olaf Ulbrich
Layout: Susanne Hasler
Covergestaltung und Illustrationen:
Gerald Chmielewski
Titelidee: Klaus Tellinghusen

Bibliografische Information Der Deutschen Bibliothek

Die Deutsche Nationalbibliothek verzeichnet diese Publikation in der Deutschen Nationalbibliografie; detaillierte bibliografische Daten sind im Internet über http://dnb.d-nb.de abrufbar.

ISBN 978-3-7308-1562-5

Gedruckt bei Isensee in Oldenburg

Prolog

Es war ein Sonntagmorgen im Juli, und es war kurz nach 6 Uhr, als ein lauter Knall Grabautzki aus seinem Tiefschlaf riss. Der Samstag davor hatte es mit seinen hochsommerlichen Temperaturen auf den ersten Platz des heißesten Tages seit Beginn der Wetteraufzeichnungen geschafft. Und jetzt, um sechs Uhr morgens, tobte ein gewaltiges Unwetter mit Blitz, Donner und Starkregen über der kleinen, friesischen Stadt.

Grabautzkis Wohnung befand sich im vierten Stock eines Wohnblocks am Randgebiet der Stadt. Er starrte auf das offene Dachfenster über seinem Bett, durch das ungehindert der Regen eindrang und seine Bettdecke in einen nassen Schwamm verwandelte. Es dauerte eine Weile, bis er überhaupt realisierte, wo er sich befand. Erst dann ergriff er die Initiative, das Fenster zu schließen. Klatschnass von der unfreiwilligen Dusche suchte er seinen Wecker – er entdeckte ihn unter seiner Jeanshose, die fachmännisch zerknüllt vor seinem Bett lag. Auch seine anderen Kleidungsstücke lagen herum, als wären sie explosionsartig im Raum verteilt worden. Er traute seinem Wecker zwar noch nie richtig, aber dieser schien es ernst zu meinen: Es war 10 nach 6. *Mist!,* dachte er. Er hätte schon vor einer halben Stunde auf seiner Dienststelle sein müssen, an diesem Sonntag hatte er Bereitschaftsdienst.

Der Samstag zuvor war nicht nur was die Temperaturen betraf der heißeste Tag, sondern auch wegen seines Nachtleben. Es war Stadtfest, auf dem sich die ganze Bevölkerung kollektiv besoff. Und Grabautzki war da keine Ausnahme. Er war zwar Polizeikommissar – aber mit nur mittelmäßiger Befugnis. Seine Beförderung, die ihm sein ehemaliger Vorgesetzter, Hauptkommissar Winkler, versprochen hatte, wurde von seinem neuen Dienststellenleiter Töpfer zu den Akten gelegt. Hauptkommissar Töpfer hasste Grabautzki und wartete nur auf eine Gelegenheit, ihn von der Dienststelle zu entfernen. Es sah ganz so aus, als würde Töpfers Wunsch heute in Erfüllung gehen. Hastig raffte er seine Kleidungsstücke zusammen und zog sich an. Dann der Schock: Er konnte seine Dienstwaffe nicht finden! *Scheiß drauf*, dachte er, *dann eben nicht, wird ja wohl heute keine Schießerei geben, ist ja schließlich Sonntag.*

Ohne weiter darüber nachzudenken riss er die Wohnungstür auf und hetzte durchs Treppenhaus nach unten. Auf der zweiten Etage wäre er fast gestürzt. Er rutschte auf dem glatten, hässlichen Estrichboden aus. Der Boden war mal wieder von seiner unter ihm wohnenden, älteren Nachbarin auf Hochglanz poliert worden.

Wie er dieses schmucklose Treppenhaus hasste. Es war für ihn genauso glatt und langweilig wie seine übrigen Mit-Bewohner.

Als er endlich zur Haustür heraus trat, schlug ihm der Regen hemmungslos ins Gesicht, so dass er sein Auto kaum sehen konnte. Doch da stand er, sein geliebter 30 Jahre alter Volvo Kombi – zwar an einer anderen Stelle, als er es vermutet hatte, aber – er war da.

Als er seinem Volvo näher kam, bemerkte er eine extreme Schieflage seines Wagens und bei genauer Betrachtung hing auch der rechte Kotflügel schief nach vorne runter. Und dann sah er, dass auch der vordere Reifen geplatzt war.

Jetzt wurde Grabautzki kreideweiß. *Was habe ich Idiot gestern getan?,* schoss es ihm durch den Kopf. Er konnte sich nur an Whisky, Bier, Titten und Ärsche erinnern, aber nicht, wie er nach Hause gekommen war. Der extreme Alkoholkonsum am Vortag lähmte sein logisches Denken! Er überlegte, ob er schnell den Reifen wechseln sollte. Aber was war mit dem Kotflügel? Der hing auf halb acht! Nein, so konnte er unmöglich zum Dienst fahren. „Wenn dieser verdammte Regen nicht wäre!", fluchte er. Grabautzki spürte ein heftiges Pochen in seinem Kopf. Der Regen kühlte zwar seine von Schmerzen gepeinigte Schläfen, aber sein Äußeres verwandelte sich durch die permanente Dauerberieselung von oben – der sonst so smarte Kommissar und Schürzenjäger sah mittlerweile aus wie eine ertränkte Katze.

Aber als wenn es die Natur so eingerichtet hätte, halfen ihm die vom Vorabend übrig gebliebenen Gehirnzellen und ihm fiel ein, dass er noch ein altes Klappfahrrad besaß. Es lag im Kofferraums seines Wagens. *Ha, das ist der Vorteil, wenn man seine Karre nie aufräumt!,* dachte er.

Er zückte seine Autoschlüssel und wollte die Heckklappe aufschließen, doch sie war bereits auf. Er genoss die kurze Regenpause, als er unter der großen, geöffneten Heckklappe seines Autos stand, die sich schützend über sein Haupt reckte. Als er in das Innere seines Wagens blickte war er, von dem Chaos, dass sich ihm darbot, geplättet. „Wo ist das Ding?", fluchte er.

Hektisch riss er eine alte Wolldecke zur Seite. Und als hätte der Tag nicht schon beschissen genug angefangen: Grabautzki erstarrte zur Salzsäule. Unter der Decke lag der blutüberströmte Körper einer offensichtlich toten männlichen Person. „Was ist das für eine Scheiße?", schluckte er. Reflexartig schlug er die

Heckklappe wieder zu. Jetzt war er nicht nur kreideweiß, sondern es überfiel ihn auch eiskalte Panik.

Suchend drehte er sich nach allen Seiten um, ob nicht ein Anwohner oder Passant sein morgendliches Treiben an seinem Auto beobachtete. Aber es war der Sonntag nach dem Stadtfest, alles schlief noch. Und die Typen mit den ewig kackenden Hunden waren aufgrund des Starkregens auch nicht unterwegs.

Er musste weg von dem Auto und lief zurück zur Eingangstür, dessen Überdach ihm etwas Schutz vor dem Regen bot. Er setzte sich auf die Eingangsstufen und fiel in sich zusammen. Völlige Erschöpfung machte sich in ihm breit......und es zwang sich ihm die Frage auf:

„Grabautzki, was nun?“

Kapitel 1 – Lotto

Grabautzki versuchte sich zu konzentrieren und dachte nach:
Nur keine falschen Entscheidungen treffen! OK, was haben wir? Einen unter Restalkohol stehenden Kommissar, ein kaputtes Auto und eine Leiche. Dieser Tatbestand allein würde mir schon eine mehrjährige Haftstrafe einbringen....Wenn ich mich doch bloß erinnern könnte! Wenn ich mit dem Auto gefahren bin, habe ich einen Menschen überfahren und ihn dann in meinem Auto versteckt? Nicht auszudenken – mein Leben wäre versaut!
Aber aufgrund seiner Erinnerungslücken konnte er es nicht ausschließen.

Grabautzki war zwar, was Ethik und Moral anging, nicht unbedingt ein Vorbild für unsere humanistisch geprägte Gesellschaft, aber er zweifelte daran, dass er zu so einer Tat fähig wäre.
Vielleicht bin ich das Opfer eines Komplotts oder es

will mir irgendeiner was anhängen. Aber warum? Die Tatsache, dass ich jetzt auch noch zu spät zum Dienst komme, macht die Sache nur noch schlimmer. Ich brauche Zeit - ich brauche eine Ausrede!

Er entschied sich dafür, das Auto und den Toten erst einmal gewähren zu lassen und bestellte sich per Handy ein Taxi. Es war eh schlauer mit dem Taxi zur Arbeit zu fahren als mit dem Wagen, womöglich käme er noch in eine Polizeikontrolle. Das war nicht unwahrscheinlich, weil seine Kollegen von der Streife nach dem Stadtfest grundsätzlich Jagd auf alkoholisierte Autofahrer machten.

Außerdem könnte er auf der Dienststelle erst einmal abchecken, ob schon eine Anzeige gegen ihn vorlag oder sonst irgendwelche mysteriösen Vorfälle gemeldet worden sind. Mit Glück würden seine Kollegen sein Zuspätkommen gar nicht bemerken. Und der von ihm verhasste Töpfer hatte heute dienstfrei. Das Ganze verwandelte ich für Grabautzki jetzt in ein Lottospiel.

Aber das Taxi kam schon, er stieg ein und das Schicksal nahm seinen Lauf.

Der Taxifahrer machte einen übermüdeten Eindruck, kein Wunder, er war die ganze Nacht unterwegs gewesen. Der Innenraum des Taxis roch nach kalter Kotze und Grabautzki überlegte, ob er diesem Bouquet noch etwas beisteuern sollte, aber er riss sich zusammen.

Stattdessen versuchte er dem Chauffeur Informationen zu entlocken, die ihm vielleicht für die Rekonstruktion des Abends nützlich sein könnten. „Na, wie war die Schicht?“ , fragte er. „Riechst Du doch selber!“ war seine Antwort. Der Taxifahrer kannte Grabautzki und ihm war klar, dass er zu seiner Dienststelle wollte, aber er behandelte ihn wie alle anderen Fahrgäste vor ihm und zwar mit Nichtachtung!

OK, dachte Grabautzki, *in seinem Job stumpft man genau so ab wie in meinem.*

Und so rauschten sie ohne weitere Kommunikation durch die regenüberfluteten Straßen der Stadt. Die Scheibenwischer des Taxis machten höllische Schrappgeräusche, die dem physischem Empfinden Grabautzkis nicht gerade förderlich waren.

Trotzdem war er hochkonzentriert, und immer wenn die Wischer es zuließen versuchte er, einen Blick auf die vor ihm liegende Straße zu erhaschen. Er sah drei angetrunkene Jugendliche, die eine Bierdose über den Gehweg kickten und offensichtlich Spaß dabei hatten. Es störte sie nicht, dass sie die Bewohner eines ganzen Wohnviertels aus dem Schlaf rissen.

Wären seine Kollegen hier, hätten sie den Jungs so richtig den Morgen versaut. Eine Straße weiter sah er, wie ein etwa 40 jähriger Mann in einer hölzernen Bushaltestelle eine noch ältere Frau mit hoch geschobenen Rock von hinten penetrierte! In diesem Moment glaubte er eine seiner vielen Erinnerungslücken schließen zu können. *Kommt mir bekannt vor, hab' ich das nicht auch heute erlebt? Kann aber nur ein Deja-vu sein.* Hundert Meter weiter erblickte er eine vom Regen durchtränkte, weinende Frau mit Kopftuch. Sie saß zusammengekauert auf einer umgekippten Mülltonne. War sie Zeuge des nächtlichen Tete-a-tete in der Bushaltestelle gewesen oder hatte es etwas mit seiner Leiche zu tun? Gedanken überschwemmten sein Gehirn, aber die Fahrt ging weiter. Jetzt kamen sie an Grabautzkis Lieblingskneipe vorbei – Zum Rostigen Anker -! Den Namen der Kneipe benutzte niemand hier in der Stadt, es hieß nur: Heute bei Trixi? Oder: War bei Trixi!

Trixi war eine in die Jahre gekommene, ehemalige Bardame, die seit mehr als zehn Jahren dieses Lokal betrieb. Dieser Laden besaß in dieser Stadt Kultstatus und das verdankte er einzig und allein der 75 jährigen, attraktiven Trixi.

Sie dirigierte darin wie eine Orchesterleiterin. Alle Gäste, ob alt oder jung, hatten Respekt vor ihr. Es brannte zwar noch Licht, aber die Stühle im Lokal waren schon auf die Tische gestellt. Trixi hatte offensichtlich Feierabend.

Auch bei diesem Anblick öffnete sich bei Grabautzki ein Erinnerungsfenster: *Klar, da war ich gestern oder heute auch, aber mit wem?*

Alles Nachdenken half nichts, er hatte sich die komplette Festplatte gelöscht. Nach zehn Minuten Regenfahrt bogen sie endlich in die Bahnhofsstraße ein. Dort befand sich sein Arbeitsplatz, schräg gegenüber lag der Stadtbahnhof. Angestrengt schaute Grabautzki, welche Fahrzeuge vor der Dienststelle standen, dabei fiel ihm auf, dass auf dem gegenüberliegenden Bahnhofsparkplatz zwei schwarze Mercedes-Limousinen mit Berliner Kennzeichen standen.

Die genauen Kennzeichen konnte er nicht entziffern, dafür war der Regen zu stark, er hatte nichts zu schreiben dabei und sein Alkoholspiegel sorgte dafür, dass er sich zu diesem Zeitpunkt keine komplexen Zahlen- und Buchstabenkombinationen merken konnte.

OK, dachte er, *klären wir später. Erstmal die Lage vor Ort antesten.*

Nachdem er den Taxifahrer entlohnt hatte, ging er zur Eingangstür seiner Dienststelle. Ein wachhabender Polizeibeamter öffnete ihm von innen per Knopfdruck die Tür. Selbstsicher und mit gespielter Arglosigkeit fragte er ihn, ob was Besonderes vorgefallen sei.

„Nö“, antwortete der Beamte, „nur das Übliche. Es gab ein kleines Scharmützel zwischen zwei Gästen bei Trixi – wir konnten sie wieder beruhigen. Ach ja, die beiden Mucker-Brüder sind bei uns zu Gast in der Zelle, die haben in ihrem Suff Hermanns Bierbude zerlegt. Grabautzki atmete auf. *OK, das klingt ja ganz gut, ich bin offensichtlich nicht der Gegenstand der Ermittlungen.*

Ohne weitere Fragen zu stellen ging er hoch in den zweiten Stock. Dort hatte die Kripo ihr Zuhause. Leise schlich er zu seiner Bürotür, die halb offen stand. Vorsichtig schaute er rein. Sein Kollege PK Feldhusen, mit dem er sich das Büro teilte, saß an seinem Schreibtisch vorne rübergebeugt, mit dem Kopf auf der Tischplatte und schlief. Das war ein klares Indiz dafür, dass auch Feldhusen die Nacht auf dem Stadtfest zugebracht hatte.

Ohne Lärm zu machen setzte sich Grabautzki dem Schlafenden gegenüber an seinen Schreibtisch. Er schaute sich den schnarchenden Beamten eine Weile an und dann schlug er mit der Faust auf den Schreibtisch und schrie: „Mensch Feldhusen, die ganze Nacht durchzechen und dann hier abhängen. Dienst ist Dienst und Schnaps ist Whisky! Soll ich den ganzen Scheiß' hier alleine machen?“

Feldhusen fiel vor Schreck fast vom Stuhl und stammelte: „Sorry Grabautzki – war 'ne harte Nacht!“

„Verstehe ich,“ beschwichtigte Grabautzki seinen Kollegen: „Is' schon in Ordnung, mir geht’s auch nicht besser. Wie war's denn so, irgendeine Braut klar gemacht?“ „Ja, nee, ja da war eine, nur ihr Macker war dagegen. Hätte beinahe was auf die Fresse bekommen. Und bei Dir?“

„Oh Mann, wenn ich das noch wüßte!“, gab Grabautzki ehrlich zu. „Pass auf Feldhusen, ich muss was überprüfen. Ich brauche den Tatortwagen. Du kannst doch hier alleine die Stellung halten, oder!“ „Ja klar, hau' schon ab.“

Man, dachte Grabautzki, *das läuft ja wie geschmiert.* Er schnappte sich den Wagenschlüssel und ging zur Garage für ihr Dienstfahrzeug. Es war ein ziviler, silbergrauer Passat, der den Kripobeamten vorbehalten war. Im Kofferraum befand sich allerlei tatort-relavantes Equipment, welches Grabautzki vielleicht noch von Nutzen sein könnte. Als erstes fuhr er zum Bahnhofsparkplatz, aber die beiden schwarzen Mercedes-Limousinen waren verschwunden. „Dann eben nicht“, meinte Grabautzki und setzte seine Fahrt fort.

Der Regen schien noch heftiger zu werden. Grabautzki wollte unbedingt nach Hause, um sich seinen persönlichen Tatort anzuschauen und musste seine Dienstwaffe suchen.

Er parkte einige Meter von seinem eigenen Fahrzeug entfernt und lief rüber zu seiner Wohnung. In seiner Wohnung sah er sich prüfend um, aber er konnte nichts Auffälliges entdecken, nur, dass auf dem Couchtisch drei leere Bierdosen standen, und zwei weitere lagen unter dem Tisch. Auch der Aschenbecher stand auf dem Fußboden und war vollkommen überfüllt.

Wie schon gesagt, nichts Auffälliges, oder doch. In dem Aschenbecher lagen einige Filterzigaretten, obwohl Grabautzki nur selbstgedrehte Zigaretten rauchte. Also war ich gestern oder heute morgen nicht allein in dieser Wohnung. *OK, das wird sich doch wohl klären lassen. Jetzt muss ich erst einmal meine Knarre finden.*

Nachdem er alle Schränke und Schubladen durchgewühlt hatte, gab er auf – die Pistole war weg! Ihm war klar, dass ihm dieser Tatbestand richtig Ärger einbringen könnte. Er beschloss, diese Baustelle erst einmal zu verlassen, um nochmal einen Blick auf sein Auto zu riskieren.

Dieses Mal nahm er sich aber einen Regenschirm mit, der ihn nicht nur vor dem Regen schützen sollte, sondern auch vor neugierigen Blicken.

Vorsichtig schaute er durch die Heckscheibe seines Volvos, in der Hoffnung, dass alles nur ein böser Traum gewesen war. Aber nein, die Leiche war real. Unter der halb aufgedeckten Wolldecke konnte er erkennen, dass es sich um einen ca. 30 jährigen, dunkelhaarigen Mann mit Bart handelte. Schnell entfernte er sich wieder von seinem Fahrzeug und lief zurück zu seinem Dienstwagen. Wie gelähmt saß er am Steuer und der Regen prasselte unaufhörlich aufs Autodach. Er war kurz davor, wahnsinnig zu werden. Und so kam es, dass der an sich atheistisch geprägte Grabautzki leise vor sich hin murmelte: „Oh Gott, hilf mir.“

Und als wäre es eine Zauberformel gewesen, schoss ihm plötzlich durch den Kopf: *Na klar, ich brauche Hilfe!* Und wer wäre dafür besser geeignet als sein ehemaliger Chef, Hauptkommissar Winkler a.D.

Winkler war abgeklärt und erfahren genug und hatte sein Leben lang jede noch so abstruse Situation gemeistert. Wenn ihn einer aus diesem Schlamassel helfen konnte, dann dieser Typ. Grabautzki startete den Wagen und raste los. Vor einer Polizeikontrolle brauchte er jetzt keine Angst mehr haben, er fuhr selber einen Polizeiwagen.

Winkler führte nach seiner Pensionierung ein bescheidenes, zurückgezogenes Leben. Seine alte Wohnung, in der seine Frau sich damals erhängte, hatte er verkauft und sich dafür einen ausrangierten Fischkutter besorgt und ihn zu einem Hausboot umgestaltet. Auf seine alten Tage hatte er sich neu verliebt und lebt nun eine lockere Beziehung mit der guten alten Trixi, die nach wie vor ihr Lokal betreibt.

Winkler war schon lange kein Kneipengänger mehr, aber er tolerierte Trixis Job.

Die Stadt, in der sie lebten, hatte ca. 25.000 Einwohner und lag direkt am Meer. Sie besaß zwei Häfen, den Ost- und den Westhafen. Der Osthafen hatte eine Art Schleuse, die ihn tide-unabhängig machte, mit anderen Worten, es war immer Wasser im Hafenbecken und genau dort lag Winklers Kutter.

Voller Hoffnung machte sich Grabautzki auf den Weg. Obwohl es Sommer war und der Hafen eigentlich einer Postkartenidylle glich, verwandelte dieses morgendliche Unwetter dieses wunderschöne Fleckchen Erde in eine düstere, unwirkliche Welt. Schon von Weitem konnte man die vielen Schiffsmasten sehen, die aufgeregt hin und her tanzten. Das Wasser sah dunkelgrau aus und heftiger Wellengang dominierte das Hafenbecken.

Grabautzki dachte, *gut, dass ich nicht auf so' nem Kahn pennen muss, ich hätte mir die Seele aus dem Leib gekotzt*. Er fuhr um das Hafenbecken zu Winklers Anleger, und da sah er sie: die Razzle-Dazzle. So hieß Winklers Schiff, und wie vermutet, schaukelte der ganze Pott rauf und runter.

„Man muss ja ein Artist sein, um an Bord zu kommen!“, fluchte Grabautzki und so kam es, dass er auf der nassen Steganlage erst einmal ausglitschte und lang auf die Schnauze fiel. Er rappelte sich wieder hoch, nahm seinen ganzen Mut zusammen und sprang an Bord – mit dem Resultat, dass er auch auf dem

Deck ausgestreckt hinknallte. Das hatte den Vorteil, dass er jetzt nicht mehr anklopfen brauchte. Von dem Gepolter an Bord war Winkler aufgeschreckt. Als Grabautzki sich wieder aufrichten wollte, starrte er in die Mündung einer Pistole.

„Mann Grabautzki, was machen Sie denn hier? Um ein Haar hätte ich Sie umgelegt! In letzter Zeit treibt sich hier Gesindel herum und klaut die Yachten leer. Also, was wollen Sie bei diesem Scheiß-Wetter und zu dieser Scheiß-Zeit?“

„Es tut mir wirklich leid, dass ich Sie störe, aber ich habe ein schwerwiegendes Problem, bei dem es um mein weiteres Schicksal geht und brauche Ihren Rat.“

„Na gut, dann lassen Sie uns erst einmal ins Trockene.“ Winkler half Grabautzki wieder auf die Beine und die Beiden verzogen sich in den Schiffsbauch der Razzle-Dazzle.

Unter Deck in der Kajüte war es wohlig warm und Grabautzki war von dem Ambiente darin beeindruckt.

Die Kajütenwände waren aus edlem Mahagoni, die kleinen Bullaugen ruhten in hochglänzenden Messingfassungen und überall, wo nicht gerade ein Staufach war, zierten alte Seekarten die Wände.

Wenn er nicht genau wüsste, dass Winkler Polizist gewesen war, könnte man glauben, dass dieser dicke, kleine Mann ein erfahrener Seebär ist, der schon alle sieben Weltmeere bereist hat. „Setzen Sie sich!“ Grabautzki ließ sich auf einer schweren Seekiste nieder und Winkler quetschte sich auf eine etwas zu eng an einem Tisch stehende Holzbank.

Das unruhige Wasser unter ihren Füssen lies eine halbvolle Flasche Rum aus der hinteren Ecke der Kajüte über die Holzplanken direkt auf Grabautzki zurollen. Winkler bemerkte das und fragte lapidar: „Ach ja, wollen Sie einen Grog?“ Und ohne nachzudenken antwortete Grabautzki: „Ja, gerne.“

Genau das war es, was die beiden miteinander verband. Sie pfiffen was auf gesellschaftliche Normen. Winkler erhob sich umständlich von seiner Bank, griff die am Boden liegende Flasche Rum, und wankenden Schrittes bewegte er sich zu einem kleinen Schränkchen, in dem oben ein kleiner Gaskocher eingelassen war. Über ihm hingen Töpfe und Pfannen an einer gespannten Kette.

Die Schaukelei auf dem Kahn ließen sie aneinander schlagen und es klang wie ein verstimmtes Glockenspiel. Er schnappte sich einen dieser Töpfe, goss aus einem Plastikkanister Wasser rein und begann das heiße Gesöff vorzubereiten.

Grabautzki schaute ihm ehrerbietend dabei zu, als wäre er Zeuge, wie ein Druide einen Zaubertrank herstellte.

Es dauerte auch nicht lange, und beide hielten ein heißes, dampfendes Glas Grog in der Hand. „So, dann erzählen Sie mal“, fing Winkler an. „Also, wenn ich es nicht selbst erlebt hätte, würde ich diese Story auch

nicht glauben, aber als ich heute nach einer durchzechten Nacht aufwachte, war meine Dienstwaffe aus meiner Wohnung verschwunden und als ich mit meinem Auto zur Arbeit fahren wollte, sah ich, dass der Kotflügel beschädigt und der Reifen geplatzt war."
„Mann, Mann, Grabautzki, und wegen so einem Mist kommen Sie zu mir?", unterbrach ihn Winkler. „Wenn's nur das wäre", fuhr Grabautzki fort, „in meinem Auto liegt eine Leiche!" Von diesem Satz war Winkler plötzlich wie elektrisiert und es entwich ihm ein leises „Interessant!" „Und was haben Sie dann getan?"

„Ich bin mit dem Taxi zum Dienst gefahren, und habe die Leiche erst einmal im Auto gelassen." „Sehr gut", meinte Winkler. „Was ist denn daran gut, haben Sie mich nicht verstanden, ich habe eine Leiche an den Hacken." Grabautzki wurde unruhig.
„Ja, nee ist schon klar! Ich meine ja nur die Tatsache, dass Sie die Leiche erst einmal dort gelassen haben. Handelt es sich um einen Mann oder um eine Frau?"
„Es ist ein Mann, ca. 30 Jahre alt, kann mich aber auch irren."

„Egal, trinken Sie, Ihr Grog wird kalt und lassen Sie mich überlegen." Grabautzki wusste aus Erfahrung, dass Winklers Überlegungen und die daraus resultierenden Handlungen unberechenbar sein konnten und ließ ihn gewähren. Während Winkler grübelte und an seinem Grog nippte, schlürfte Grabautzki sein Glas leer und ging zur Selbstbedienung über, in dem er sich einen neuen Grog herstellte. Es war nichts Rühmliches dabei, aber die beiden Kriminalisten waren Alkoholiker, was ihre Fähigkeiten allerdings nicht einschränkte.

Vielleicht war es sogar notwendig, diesen mysteriösen Fall aus einem anderen Blickwinkel zu betrachten, in dem man seinen Bewusstseinszustand änderte. Langsam kam Winkler aus seiner Gedankenwelt zurück ins reale Leben. „Schauen Sie mal in die Seekiste, da müsste meine alte Ledertasche liegen."

Als er noch Kommissar war, war diese alte Tasche sein ständiger Begleiter. Grabautzki wurde fündig und überreichte sie ihm. Und als wäre er nie in Pension gegangen, fischte er wie selbstverständlich seinen Notizblock und einen Kugelschreiber mit der Aufschrift 'Zum rostigen Anker' heraus.

„OK, jetzt mal in Kurzform, was haben wir?" Er fing an, sich Notizen zu machen. „Eine verschwundene Dienstwaffe, ein demoliertes Auto und einen Toten, ca. 30 Jahre alt. Toter liegt noch im Auto und bis jetzt noch keine Leichenschau durchgeführt, stimmt doch, oder?" „Ja." „Gut, ist Ihnen irgendetwas aufgefallen? Egal was!" Und Grabautzki gab seine Beobachtungen kund. „In meiner Wohnung standen sechs leere Bierdosen und im Aschenbecher lagen einige Kippen von

Filterzigaretten, obwohl ich doch nur Selbstgedrehte rauche. Äh übrigens, kann ich mir eine anstecken?"

„Mir doch egal, der ganze Kahn stinkt nach Teer, da spielt Zigarettenqualm nun wirklich keine Rolle mehr."

Erleichtert drehte sich Grabautzki, schnell wie ein Junkie auf Entzug, eine Fluppe und zündete sie an.

„Ach ja, auf der Fahrt zum Dienst habe ich eine Frau gesehen. Sie saß weinend auf einer Mülltonne und trug ein Kopftuch. Ja und dann waren da noch die zwei schwarzen Mercedes-Limousinen mit Berliner Kennzeichen auf dem Bahnhofsparkplatz, aber das wars dann auch." „Besser als nichts", meinte Winkler. „Muss zwar nichts mit dem Toten zu tun haben, aber man weiß ja nie."

Er klappte seinen Notizblock wieder zu und sagte: „Diese Filterkippen müssen wir unbedingt sicherstellen. Wir können sie in diesem Fall zwar nicht offiziell untersuchen lassen, aber wir finden schon einen Weg. Jetzt müssen wir uns erst einmal um diese Leiche kümmern. Der heftige Regen da draußen ist auf jeden Fall auf unserer Seite. Tatrelevante Spuren dürfte es um ihr Auto herum wohl nicht mehr geben. Lassen Sie uns zu dem toten Typen fahren, und schauen, wie er überhaupt ums Leben gekommen ist und dann betten wir den guten Mann erst einmal um."

„Wie, sie wollen ihn irgendwo ablegen?" Fragte Grabautzki ungläubig. „Ja, na klar, das müssen wir, denn wenn man die Leiche in Ihrem Auto findet, werden Sie sofort wegen Befangenheit vom Fall abgezogen. Im schlimmsten Fall geraten Sie sogar unter Tatverdacht. Findet man die Leiche woanders, können Sie selbst die Ermittlungen führen und kontrollieren. Oder glauben Sie, Ihr neuer Chef ist dazu in der Lage?“ Grabautzki überlegte und musste zugeben, dass Winkler Recht hatte. Also, tranken sie ihren Grog leer und machten sich auf den Weg.

Kapitel 2 – Die Täuschung

Der Regen prasselte auf die Straße und sie fuhren langsam an Grabautzkis Volvo vorbei. „Sehen Sie, hinter ihrem Wagen ist eine freie Parklücke. Fahren Sie rückwärts vor ihre Heckklappe!"

Grabautzki quetschte seinen Dienstwagen in die Lücke und stand nun direkt hinter seinem Volvo. Beide schauten rechts und links aus den Fenstern und überzeugten sich davon, dass keiner diese morgendliche Aktion beobachtete.

Es war mittlerweile halb Acht und sie mussten sich beeilen, denn bald würde auch an dieser Straße wieder das Leben einkehren.

Sie bedienten sich aus ihrem Dienstwagen und streiften sich weiße Schutzanzüge und Latexhandschuhe über. Wie auf ein Signal hin, sprangen beide aus dem Wagen und rannten nach hinten, zwischen beide Fahrzeuge. Grabautzki öffnete die Heckklappe seines Volvos und Winkler den Kofferraum vom Dienstwagen.

Sie rafften die Wolldecke, die über dem Toten lag, beiseite. „Schauen Sie, der Typ ist zwar blutbesudelt aber ansonsten knochentrocken. Er muss auf jeden Fall noch vor dem großen Regen hier platziert worden sein“, bemerkte Winkler.

Er griff sich den Oberkörper und Grabautzki packte sich die Beine. Auf Drei hoben sie ihn an und wollten ihn rüber zerren in den Kofferraum.

Da fing Grabautzki an zu schreien: „Scheiße, was ist das denn?“ Erschrocken drehte sich Winkler um und sah, wie Grabautzki leichenblass dastand.

Er hielt die Beine des Toten, sie waren vom Körper abgetrennt. Winkler ließ den Oberkörper der Leiche in den Kofferraum rutschen und sagte: „Mann, reißen sie sich zusammen, das sind doch nur Prothesen!“

Es dauerte eine Weile, bis Grabautzki seine Fassung wieder fand und warf angewidert die Plastikreste der Leiche in den Kofferraum. „OK, Klappe zu und Abfahrt!“, befahl Winkler.

Schnell setzten sie sich zurück ins Auto. Schweratmig sagte Grabautzki: „Und nun, wohin mit dem auseinandergefallenen Typen?“ „Irgendwohin, wo es trocken ist, damit an der Leiche keine wichtigen Spuren verloren gehen!“

Grabautzki überlegte kurz: „Äh, wie wäre es mit dem alten Supermarkt im Gewerbegebiet Nord, der steht seit einem Jahr leer und dort gibt es noch so eine Art

Plastik-Garage für Einkaufswagen. Da dürfte es für unseren Toten relativ muckelig sein. Außerdem wurden sämtliche Überwachungskameras abgebaut. „Ideal, da fahren wir hin!“, gab Winkler zu verstehen. Das Gewerbegebiet-Nord war ein typischer Fall von kommunalpolitischem Größenwahn. Überall im Umkreis der Stadt kauften diese politischen Laiendarsteller großflächig Ackerland auf, um es in Gewerbeflächen zu verwandeln.

Durch den Bau eines großen Tiefwasserhafen in dem nahe gelegenen Wilhelmshaven erhoffte man sich ein Aufblühen der heimischen Wirtschaft.

Aber der Tiefwasserhafen kam nur sehr langsam in Schwung, nach wie vor steuerten die großen Containerschiffe lieber Bremerhaven oder Hamburg an. Und so kam es, dass sich auf diesem Gewerbegebiet nur noch ein leerstehender Supermarkt befand und eine abgebrannte Spielothek. Und auch der Getränkemarkt stand kurz vor dem Bankrott. Es war also der ideale Ort, um eine Leiche zwischenzulagern.

Auch hier fuhren die beiden rückwärts an den unterstand für Einkaufswagen und versicherten sich erst einmal, ob es keine unerwünschten Zeugen gab.

Aber dieses Gewerbegebiet glich einer Geisteranlage. Deshalb konnten sie nun auch ruhig und gelassen an die Arbeit gehen.

Sie öffneten den Kofferraum und holten zuerst den beinamputierten Körper heraus und legten seine Prothesen neben ihn. Jetzt hatten sie Zeit, sich den Toten näher an zu schauen. Winker und Grabautzki beugten sich über die Leiche. In ihren weißen Schutzanzügen mit Kapuze sahen sie aus wie die außerirdischen Kohlköpfe aus dem alten gleichnamigen Film mit Louis de Fune!

„So," meinte Winkler, „dann schauen wir mal, was wir hier haben ! Dreißig Jahre alt ? Ja, das könnte hinkommen. Und vom Hauttyp, würde ich sagen, südländischer Herkunft. Und die Todesursache ist eindeutig: Er ist erschossen worden. Und zwar mit drei Schüssen, zwei in die Brust und einem in die Schläfe. Die Einschusslöcher sehen aufgesetzt aus, auf jeden Fall sind die Wundränder typisch dafür.

Ich glaube, unser Mann hier wurde regelrecht hingerichtet. An seinen Handgelenken sieht man Abschürfungen, die aufgrund der scharfen Konturen von der Fesselung mit Kabelbindern hindeute.

Sein Anzug und sein Hemd machen einen gepflegten, nicht grade billigen Eindruck. Und die Schuhe an seinen Prothesen sehen auch teuer aus.

Könnte ein Geschäftsmann gewesen sein. Lassen Sie uns seine Taschen durchsuchen!"

Grabautzki öffnete mit seinen latexgeschützten Händen das Jacket des Toten und Winkler griff vorsichtig in die Innentaschen. Aber sie waren leer, genauso wie alle übrigen Taschen. „Tja, da war wohl einer schneller als wir!“, stellte Winkler fest, „gut dann lassen Sie uns diese Untersuchung beenden und verschwinden von hier! Irgendjemand wird unseren Mann über kurz oder lang schon finden. Und dann übernehmen Sie mit ihren Kollegen den Fall ganz offiziell!

Jetzt muss ich aber aus diesem Strampelanzug raus und dann gehen wir Frühstücken, das haben wir uns verdient!“

Grabautzki war froh, dass er seinen alten Chef zurate gezogen hat. Es war für ihn ein beruhigendes Gefühl zu wissen, dass er diesen Herrn Winkler auf seiner Seite hatte. Die Professionalität und Erfahrung dieses Mannes konnte ihm auch weiterhin von Nutzen sein.

„Wo möchte der Herr denn Frühstücken?“, fragte Grabautzki und merkte selbst, dass seine Anspannung langsam wieder seiner Schnodderigkeit wich.

„Fahren wir zu Trixi!“ „Aber die hat ihren Laden heute geschlossen!“, meinte Grabautzki. „Ja weiß ich, aber nicht für mich!“ Und so verließen sie den selbst inszenierten Tatort und fuhren wieder durch den Regen zum ROSTIGEN ANKER.

Grabautzki beobachtete seinen ehemaligen Vorgesetzten, wie dieser selbstsicher aus dem Auto stieg, seinen Schlüsselbund aus der Hosentasche zog und wie selbstverständlich den Haupteingang von Trixis Kneipe aufschloss. Aber damit war die Bewunderung für seine alten Chef noch nicht zu Ende. Als sie das Lokal betraten, musste Grabautzki feststellen, dass einer der fünfzehn Tische komplett eingedeckt war. Es standen dort drei Kaffeetassen und drei Teller, ein Korb mit Brötchen, drei hartgekochte Eier und eine Thermoskanne mit Kaffee. Dass Winkler Trixi kannte war klar, aber Grabautzki fragte sich: *„Woher weiß Trixi, dass Winkler ihn zum Frühstück mitbrachte?“*

Winkler bemerkte Grabautzkis Verwirrtheit und sagte: „Ach so, ja äh, wir Frühstücken jeden Sonntag zusammen und das hier ist Trixis Macke, sie stellt immer eine Tasse mehr hin. Es könnte ja sein, dass ein unverhoffter Gast kommt. Und bis jetzt hat sie immer Recht gehabt. Beide setzten sich an den Tisch und es dauerte nicht lange, als Trixi den Raum betrat.

Grabautzki war nun wirklich nicht der Typ der auf über Siebzigjährige stand, aber er konnte sich der Aura dieser Frau nicht entziehen. Engelsgleich schwebte sie durch ihr Lokal, und das auf sechs Zentimeter hohen High-Heels. Jeder Teenie hätte sich mit diesen Schuhen auf die Fresse gelegt, aber vor ihm stand eine Frau die es verstand, aufzutreten. Nicht umsonst hat sie diese Gastwirtschaft in eine Kultkneipe verwandelt.
Winkler mochte es zwar auch, wenn Frauen hochha-

ckige Schuhe trugen, aber in Trixis Fall störte es ihn etwas, denn sie war damit fast einen Kopf größer als er. Aber Winkler dachte sich auch: *Was solls, Mick Jagger ist nur mit großen Frauen zusammen und ich möchte gar nicht wissen, mit wem dieser französische Zwerg Napoleon alles gevögelt hat. Allerdings würde er nicht mit Siebzig auf einer Bühne rumzappeln oder Russland angreifen.*

Nachdem alle drei endlich am Tisch saßen, kehrte langsam Ruhe ein- nach diesem hektischen Morgen. Grabautzki schlürfte genüsslich seinen Kaffee und seine Selbstsicherheit gewann wieder Oberhand.

Von Euphorie beflügelt, beging er auch gleich einen großen Fehler. Er wandte sich an Winkler und fragte ihn tatsächlich: „Sagen Sie mal, Herr Winkler, wie heißen Sie eigentlich mit Vornamen?“

Winklers bis dahin gelassenen Gesichtszüge verwandelten sich urplötzlich in eine steinerne Maske.

Trocken und ernst antwortete er: „Hauptkommissar!“

Man konnte über Winkler denken was man wollte, und eigentlich hätte es Grabautzki wissen müssen, er hasste persönliche Nähe.

Vieles konnte er tolerieren aber bitte auf Distanz. Aber so tragisch war es dann doch nicht, Trixi konnte sich ein Schmunzeln nicht verkneifen, denn genau das liebte sie an ihrem kleinen, dicken Kommissar a.D., seine Schlagfertigkeit.

Und Winkler wiederum konnte Trixis Lächeln nicht wiederstehen und so kam es, dass er den kleinen Kommunikationpatzer von Grabautzki mit Vergessenheit strafte.
Dann ergriff Trixi das Wort: „Na, meine Herren, was habt ihr den heute angestellt, ihr seht ja aus wie zwei begossene Pudel?“
Die Beiden schauten sich fragend an. „Was solls, steht morgen sowieso in der Zeitung“, antwortete Winkler. Und so erzählten sie ihr von ihrem illegalen morgendlichen Einsatz. Sie starrte die beiden ungläubig an und wandte sich dann an Grabutzki: „Mannomann, Du warst gestern aber auch besoffen und dann noch mit dieser kleinen Ausländerin!“
Grabautzki fiel ihr ins Wort: „Moment mal, was für eine Ausländerin?“ „Na ja, Deine kleine Aischa, so nanntest Du sie jedenfalls. Sie sah aus wie eine Türkin oder so und trug ein Kopftuch. Und als irgendso ein Typ Deine Aischa anquatschte, hättest Du Dich beinahe mit ihm geprügelt.“
Jetzt mischte sich Winkler ein: „ Hatte dieser Typ zufällig schwarze Haare und trug einen teuren Anzug?“
Ja, glaube schon, auf jeden Fall sah er gepflegter aus als Dein junger Kollege hier!“ Grabautzki spürte, dass es jetzt doch eng für ihn wurde.
Was wäre, wenn die Einschusslöcher in meinem Toten auch noch aus meiner Dienstwaffe stammen? Dann kann selbst Winkler mir nicht mehr helfen, ich brauch

nicht einmal mehr über LOS laufen, sondern kann gleich in den Knast gehen. Und er bemerkte, dass Winkler in diesem Moment den gleichen Gedanken verfolgte. Und so kam es, dass Winkler diese Gedankentransformation unaufgefordert beantwortete: „Kann auch alles ganz anders gewesen sein!" Und selbst Trixi verstand diese aus dem Kontext gerissene Antwort. Nachdenklich und still schauten alle drei in ihre halbvollen Kaffeetassen.

Nach diesem kurzen 'In sich kehren' stand Trixi auf, begab sich hinter den Tresen und fing an, drei Bier zu zapfen. Grabautzki hatte mittlerweile komplett verdrängt, dass er eigentlich im Dienst war und so kam es, dass er sein erstes Bier auch gleich auf Ex trank.

Nach seinem dritten Bier zweifelt Trixi daran, ob es nicht doch ein Fehler gewesen, war den Zapfhahn zu bedienen.

Und Winkler, der seinen Sohn bei einem tragischen Verkehrsunfall verloren hat, weil dieser betrunken Auto gefahren war, musste dann auch langsam mal ein Machtwort sprechen: „Grabautzki, wer fährt eigentlich nachher Ihren Dienstwagen?" Aber Grabautzki war bedingt durch seinen Restalkoholpegel schon längst in andere Sphären gerückt. Und lallte nur noch: „Ich war das nicht, ich war das nicht!"

Trixi klopfte ihm auf die Schulter und sagte: „Wissen wir doch, aber vielleicht solltet ihr beiden Kriminalisten irgendwann doch anfangen, logisch und nüchtern über diesen Problemfall nachzudenken!“

Kapitel 3 – Problemlösung

„Hör zu Trixi“, sagte Winkler, „wir lassen ihn hier am Frühstückstisch den Rausch ausschlafen, um 15 Uhr ist seine Schicht zu Ende und er kann mit seinem Dienstwagen zurückfahren. Ich glaube nicht, dass die Leiche heute schon entdeckt wird. Wer treibt sich an einem Sonntag schon in diesem gottverlassenen Gewerbegebiet herum. Und auf seiner Dienststelle ist heute auch Totentanz. Aus Erfahrung weiß ich, dass selbst die schlimmsten Verbrecher bei so einem Sauwetter keine Lust haben eine Straftat zu begehen.“

„Na ja“, scherzte Trixi, „Deine Theorie hinkt ein bisschen, schließlich habt Ihr heute morgen schon eine begangen.“

„Da hast Du verdammt Recht, und wenn das aufliegt, könnte es mich meine Pension kosten. Deshalb müssen wir schlauer sein als die Polizei erlaubt.
Was war das denn eigentlich fürn Typ, der mit Gra-

bautzki Stress hatte, sprach er deutsch?“ „Ja, aber mit starkem Akzent, frag mich nicht mit welchem, ich kann türkisch von arabisch nicht unterscheiden. Auf jeden Fall gehört er nicht zu meinen Stammgästen!
Und diese Aischa habe ich auch noch nie zuvor gesehen!“
„Mann!“, fluchte Winkler, „dass dieser Suffkopp sich auch nicht mehr erinnern kann!“

„Das muss nichts heißen“, beruhigte ihn Trixi, „das kann in fünf Stunden schon ganz anders aussehen!“
Winkler hatte in der Zwischenzeit sein Notizbuch aus der Ledertasche geholt und setzte seine Zeugenbefragung fort.
„Wie spät war es, als Grabautzki sich mit diesem Typ in die Haare gekriegt hat?“
Trixi überlegte: „Hhm, kann ich nicht genau sagen, aber ich glaube es war kurz vor Eins. Danach war der Kerl verschwunden!“
„Und Grabautzki?“ „Der setzte sich mit seiner Begleitung dort hinten an den Tisch. Und dann habe ich die beiden aus den Augen verloren.“

„Na gut, wir können eh nichts tun, bevor die Leiche nicht offiziell entdeckt wird. Denn erst nach der Autopsie wissen wir Genaueres, vor allem, ob es sich womöglich bei der Tatwaffe um Grabautzkis Dienstpistole handelt. Wenn ja, haben wir wirklich ein Problem.

Drücken wir ihm also die Daumen, dass er nichts mit der Sache zu tun hat. Wir brauchen auf jeden Fall ein Foto von dem Toten um sicher zu stellen, ob es sich tatsächlich um den Mann aus Deiner Kneipe handelt.
Von mir aus können wir jetzt hier verschwinden, Grabautzki kennt sich in dieser Kneipe aus und weiß, wie er hier ungesehen wieder rauskommt."
„OK", sagte Trixi, „dann lass uns zu mir nach Hause fahren, bei diesem Schmuddelwetter habe ich keine Lust auf Deinen schaukelnden Bananendampfer!"

Winkler riss ein Blatt Papier aus seinem Notizbuch und hinterließ Grabautzki eine Nachricht mit der Bitte, ihn sofort nach Erwachen anzurufen.

Kurz darauf verließen die beiden das Lokal und fuhren mit Trixis Auto zu ihrer Wohnung.
Winkler hatte nach dem Unfalltod seines Sohnes seinen Führerschein abgegeben und nutzte jahrelang ein uraltes Taxi, einen Mercedes \`Strich Acht´. Der Taxiunternehmer behielt dieses Auto ausschließlich für seinen Dauerkunden Winkler in seinem Fuhrpark, aber nach Winklers Pensionierung wurden die bestellten Fahrten weniger und er zog es vor, die Karre zu verkaufen.
Heute juckelt die Kiste irgendwo in Afrika herum und das wahrscheinlich noch jahrelang. Die Afrikaner wissen die Zuverlässigkeit dieser Fahrzeuge zu schätzen.

Hier in Deutschland, würde die Schrottpresse das Dasein dieses Mercedes beenden. Und Winkler war froh, dass er der Beerdigung seines geliebten Taxis nicht beiwohnen musste, es hätte ihm das Herz gebrochen.

Stattdessen saß er nun in Trixis Auto, dessen Herstellernamen er nicht kannte. Immer wenn er mit so einem Fahrzeug unterwegs war, musste er daran denken, wie sie als Kinder auf dem Schulhof Autoquartett gespielt hatten. Als Kinder kannten sie jede Automarke der Welt. Heute aber ist das Design dieser Autos nur noch Einheitsbrei. Dazu kam noch, dass diese individualitäts-befreiten Fahrzeuge immer höher und breiter wurden.

Für Senioren wie ihn, war es zwar bequem, in sie einzusteigen, aber spätestens beim Ein- oder Ausparken kamen ihre Fahrer an die Grenzen ihrer Fähigkeiten.

Jeder, der schon Mal auf einem Supermarktparkplatz gestanden hat, weiß, was sich dort für Dramen abspielen, wenn diese Leute versuchen, ihre Karren in eine Parklücke zu manövrieren.

Und nach getätigtem Einkauf beginnt die große Suche nach ihren Fahrzeugen, weil, wie gesagt, alle gleich aussehen. Hat man sein Auto dann anhand des Nummernschilds identifiziert, stellt man fest, dass irgendwelche Vollpfosten oder sogar sie selbst ihr schönes, womöglich noch geleastes Auto, demoliert haben.

Der zurückgelassene Grabautzki erhob langsam seinen Kopf mit den total zerzausten Haaren von der

Tischplatte. Ein Blick auf die über dem Tresen hängende Uhr signalisierte ihm, es war 15 Uhr.

Ups, dachte er, *ich habe ja schon Feierabend!* Dann schaute er mit seinen verquollenen Augen aus dem Fenster. Es regnete immer noch in Strömen. Ihm fiel der silbergraue Passat auf, der vor der Kneipe parkte.

„Mist, das ist ja mein Dienstwagen!“, stammelte er.

Er spuckte sich in die Hände und versuchte, so seine Frisur in den Griff zu bekommen.

Wie hypnotisiert ging er hinter den Tresen, durch die Küche zum Lieferanteneingang. Diese Tür konnte man nur von Innen öffnen und war deshalb nicht abgeschlossen.

Zwei Minuten später saß er bereits in seinem Dienstwagen und fuhr zu seiner Dienststelle.

Ohne viel Palaver mit seinen Kollegen, stellte er den Wagen in die Garage und trug sich ordnungsgemäß in der Anwesenheitsliste aus und verabschiedete sich.

Mit seinem Regenschirm bewaffnet, wollte er zu Fuß nach Hause laufen. Während seines Regenspaziergangs rief er Winkler an.

Der lag bei Trixi auf dem Sofa und schaute sich im Fernsehen einen uralten Western mit Steve Mc Queen an. Ungern ließ Winkler sich bei dem Genuss eines Filmklassikers stören, aber er wusste ja, wer ihn anrief.

„Hören Sie Grabautzki, wenn Sie zu Hause sind, sichern Sie erst einmal die Zigarettenkippen und die Bierdosen aus ihrer Wohnung. Dann untersuchen Sie in aller Ruhe Ihr Fahrzeug, Vielleicht gibt es ja doch noch irgendwelche Spuren. Und werfen Sie auch einen Blick auf den beschädigten Kotflügel, es muss sich doch feststellen lassen, wo diese Karre einen Unfall gehabt haben könnte.

Morgen früh melden Sie ihre Dienstwaffe als vermisst. Und sollte der Tote gefunden werden, machen Sie auf jeden Fall ein Foto von ihm, damit wir es Trixi zur Identifizierung vorlegen können!

Also, ich wünsche Ihnen viel Erfolg und halten Sie mich auf dem Laufenden!"

Nachdenklich trottete Grabautzki durch den Regen. Auf der Straße wo er sich befand, standen mehrere Einfamilienhäuser mit den üblichen Vorgärten.

Diese sahen alle so aus, als hätte sich hier ein Friedhofsarchitekt ausgetobt. Die Blumen waren mit dem Lineal platziert worden und die düsteren Buchsbäume hatte man mit einer Einheits-Schablone in kugelförmige Klumpen verwandelt. Die Fenster dieser Behausungen unterlagen ebenfalls einem strengen deutschem Gesetz. Weiße, straff gezogene Gardinen, und auf den Fensterbänken thronten einsam und natürlich mittig ausgerichtet Geranien-Blumentöpfe.

Dann gab es natürlich noch die jüngere Generation von Hausbesitzern, die in einem Anflug von Kreativität ihre Fenster- und Gartengestaltung direkt aus Zeitschriften wie zum Beispiel `Schöner wohnen` kopierten. Aber es half nichts, alles was diese Leute auch anstellten, es strahlte pure Langweile aus.

Langsam zweifelt Grabautzki daran, ob überhaupt deutsches Blut in seinen Adern floss. Denn es gab keinerlei Parallelen zwischen ihm und dieser Wohnkultur. Paradoxerweise, ist ausgerechnet er Polizist geworden und musste sich um die Einhaltung deutscher Gesetze kümmern.

Irgendwann auf seinem Spaziergang wurde die Reihe der Häuser unterbrochen. Er lief an einem neuen Baugrundstück vorbei. Die Eckmarkierungen des Neubaus waren schon gesetzt, aber sonst stand dort nur ein alter Bauwagen und ein Dixi-Klo.

Beim Anblick dieser Toilette überfiel ihn der Drang, sein Tagesgeschäft zu erledigen. Zielstrebig steuerte er das Plastik-Klo an und öffnete die Tür.

Als er in die Toilette schaute, wurde sein Darmdrang schlagartig beendet. Sie war bereits besetzt! Vor ihm hockte ein dunkelhaariger Mann, sein Kopf war nach hinten geneigt und lehnte an der Klowand. Er trug ein graues Seidenhemd und seine verkrampften Hände hielten blutgetränktes Toilettenpapier vor seinen Bauch. Auch dieser Mann war augenscheinlich tot. Es war hier wohl sein letzter Zufluchtsort gewesen und er versuchte, seine Blutung zu stillen.

Grabautzki fing an zu zittern, es fiel ihm schwer zu

glauben, was er dort sah. Gedanken schossen ihm durch den Kopf. *Was habe ich nur getan, dass mich das Schicksal so hart auf die Probe stellt. Ist dieser Sonntag verflucht? Ausgerechnet ich finde gleich zwei Leichen an einem Tag! Was habe ich damit zu tun?*

Wie gelähmt starrte er den Toten an, es dauerte eine gefühlte Ewigkeit bis sich seine Anspannung lockerte. Erst jetzt war er in der Lage, genauere Beobachtungen anzustellen.

Die Kleidung des Mannes war wie zuvor beim ersten Toten von guter Qualität, nur diese hier war vom Regen durchtränkt. Er muss also später ums Leben gekommen sein als der Typ in seinem Auto.

Und als er auf den Boden schaute, erschrak Grabautzki. Vor den Füßen seiner neuentdeckten Leiche lag eine schwarze Pistole.

Wenn das meine Dienstwaffe ist, bin ich geliefert!, dachte er. Vorsichtig beugte er sich zu ihr herunter. Glück gehabt, es war zwar auch eine Dienstwaffe, aber eine aus den europäischen Nachbarländern. Es war eine Glock 17, bei den österreichischen Behörden wird sie als P80 geführt, aber sie ist auch als zivile Waffe sehr populär. „OK, das reicht jetzt!“, fluchte er. Noch war der Regen auf seiner Seite und als könnte er damit den ganzen Vorfall ungeschehen machen, zog er die Toilettentür zu, wischte mit seinem Ärmel die Türklinke ab und entfernte sich rasch vom Tatort. Auf dem Weg zu seiner Wohnung, griff er wieder nach seinem Telefon. „Winkler“, schrie er, „ich hab schon wieder eine Leiche gefunden!“

„Was reden Sie da Grabautzki? Sie sollten sich bei der Polizei als Leichenspürhund bewerben!“

„Nein ohne Scheiß, in der Vogelstraße, auf einem Baugrundstück liegt in einem Dixi-Klo ein Toter. Wahrscheinlich auch erschossen. Nur bei diesem Typen liegt auch noch eine Waffe. Gott sei Dank nicht meine, sondern eine Glock 17. Was soll ich denn jetzt nur machen?“

„Nun bleiben Sie mal cool“, beruhigte ihn Winkler, „gehen Sie jetzt nach Hause, untersuchen Sie ihren eigenen Tatort und dann legen Sie sich erst einmal ins Bett und morgen gehen Sie normal wieder zur Arbeit. Das Schöne ist doch, dass diese beiden Tötungsdelikte sowieso über kurz oder lang auf Ihrem Schreibtisch landen. Also, `don´t worry, be happy`.“

Winkler legte einfach wieder auf und Grabautzki musste sich eingestehen, dass sein alter Chef recht hatte. Sein Körper verlangte tatsächlich nach Ruhe.

Kapitel 4 – Des Wahnsinns Lauf

Als hätte es nie ein Gestern gegeben, erwachte Grabautzki aus seinem Dornröschenschlaf und die Augustsonne knallte ihm durchs Dachfenster direkt ins Gesicht. Der umgekippte Wecker vor seinem Bett zeigte neun Uhr an. Er reckte sich und fühlte sich mental regeneriert.

An diesem Montag begann sein Dienst erst um dreizehn Uhr. Er hatte also noch genug Zeit, um seine eigenen Untersuchungen anzustellen. Als er im Badezimmer in den Spiegel schaute, schwor er sich, nie wieder ein Stadtfest zu besuchen.

Nachdem er die umfangreichen Reparaturarbeiten an seinem Gesicht abgeschlossen hatte, ging er in die Küche und holte sich eine Rolle Plastikmüllsäcke und begann damit in seinem Wohnzimmer alles einzutüten, was ihm irgendwie verdächtig vorkam. Die eingesammelten Asservate versteckte er unter seinem Bett.

So und jetzt nehme ich mir meine Karre vor!, dachte

er. Beim Betreten des immer glatten Treppenaufgangs ließ er diesmal etwas mehr Vorsicht walten. Als er aus der Eingangstür trat, empfing ihn ein wunderschöner, wolkenloser Sommertag.

Mit seinem wiedererlangten Elan lief er zu seinem alten Volvo, der immer noch halb schräg auf dem Parkplatz stand. Als Erstes widmete er sich dem zerdellten Kotflügel. Der Lack war zerkratzt und er konnte graue Farbspuren auf ihm erkennen. Ein fremdes Auto konnte er ausschließen, dieser Grauton war ihm als Fahrzeugfarbe nicht bekannt. Ein Verkehrsschild oder Laternenmast konnte es auch nicht gewesen sein, denn die waren in der Regel verzinkt.

OK, das grenzt die Sache ein, dachte er.

Dann öffnete er die Fahrertür und schaute sich das Armaturenbrett an. Und als hätte er es geahnt – unterhalb des Zündschlosses hingen zwei lose Kabel herunter und als er das Lenkrad bewegte, stellte er fest, dass das Lenkradschloss nicht mehr funktionsfähig war. Das Alles waren klare Indizien dafür, dass sich irgendeine Person seinen Volvo für eine Spritztour ausgeliehen haben musste. Es beruhigte sein Gewissen, da er nun wusste, er war nicht der Unfallverursacher. Trotzdem blieben Fragen über Fragen.

Er wollte sich gerade zum Heck seines Autos bewegen, als sein Handy ertönte. Aufgrund des eigens für diese Person eingestellten Klingeltons, es war die Anfangsmelodie aus Coppolas Film 'Apocalypse Now', wusste er, Töpfer ruft ihn an. Das verhieß um diese Uhrzeit nichts Gutes.

Allein die Stimme seines Vorgesetzten erzeugte in ihm Hassgefühle. Dieser Typ hatte seiner Karriere als Polizist mutwillig einen Riegel vorgeschoben. Und so wie es aussah, konnte er sich dieser Töpfer-Tyrannei nicht so schnell entziehen. Also ließ er diesen Anruf über sich ergehen.

Mit gespielter Freundlichkeit begann Töpfer ins Telefon zu säuseln: „Guten Morgen Herr Grabautzki, es tut mir sehr leid, Sie an Ihrem freien Vormittag zu stören, aber wir haben da ein Tötungsdelikt. Bitte begeben Sie sich unverzüglich in die Vogelstraße zu diesem unbebauten Grundstück. Ihr Kollege Feldhusen ist schon vor Ort."

Aha, dachte Grabautzki, *die erste Leiche hat man also schon gefunden!*

Nur ungern unterbrach Grabautzki die Untersuchungen an seinem Wagen, aber dieser Tatort hatte Priorität.

Da die Vogelstraße nicht weit entfernt von seiner Wohnung lag, entschied er sich, zu Fuß dorthin zu laufen. Sein Weg führte ihn über die Hauptstraße, die direkt ins Stadtzentrum mündete. Er kam am städtischen

Wasserturm vorbei, und beim Abbiegen in die Vogelstraße fiel ihm ein Schaltkasten der Stromversorgung ins Auge. Er stand leicht schief und bei näherer Betrachtung sah Grabautzki anthrazitfarbene Streifen an diesem Kasten. Ihm war sofort klar, das waren Überreste seiner Kotflügel-Lackierung.

Ohne zu zögern oder nachzudenken spukte er auf seine Hemdsärmel und begann, die verräterischen Spuren wegzuwischen. Dieses unüberlegte Handeln fiel nun in die Kategorie 'Strafvereitelung!' Doch zu diesem Zeitpunkt konnte er es nicht zulassen, dass sein Fahrzeug in direkte Verbindung zu diesem mysteriösen Leichenfund gebracht wird. Er durfte auf keinen Fall in den Focus seiner eigenen Ermittlungen geraten.

Für Töpfer wäre das ein Schlachtfest, er könnte Grabautzki dann ganz offiziell aus dem Verkehr ziehen.

Grabautzki rechtfertigte sein Handeln damit, dass er ja schon viel zu tief in diesen Fall involviert war – und somit auch die größte Chance hatte, diesen aufzuklären. Wenn nicht er, wer dann?

Winkler vielleicht, Töpfer schied aufgrund mangelnder Intelligenz definitiv aus.

Schon von Weitem sah er das grün-weiße Flatterband, das seine Berufssparte benutzte, um einen Tatort weiträumig abzusperren. Es war das bekannte Bild, das sich ihm darbot. Vor dem Absperrband stand die Presse und auf der anderen Seite die Beamten in ihren weißen Schutzanzügen und mittendrin der große, breitschultrige Töpfer mit seinem knallroten Pfannkuchen-Gesicht, welches eine runde Hornbrille zierte, die die Dummheit dieses Typen allerdings auch nicht kaschieren konnte.

Er war der Einzige, der keinen weißen Overall trug, da er die Notwendigkeit dieses Kleidungsstücks noch nie begriffen hatte.

Aus diesem Grund verschob Grabautzki erst einmal die Begrüßung und ging demonstrativ zum Dienstwagen und fischte sich ebenfalls einen Overall aus dem Kofferraum.

Erst dann schlüpfte er unter der Absperrung hindurch und heuchelnd fragte er Töpfer: „Moin, was gibt es denn?“ Die Begrüßung hätte er sich auch sparen können. Ohne einen Anflug von Höflichkeit antwortete Töpfer: „Da, im Klo, ein Toter!“ *Na ja*, dachte Grabautzki, *soviel Anstand hat der alte Sack. Er hält sich wenigstens mit seinen kontaminierten Privatklamotten weit genug vom Tatort entfernt.*

Also ging Grabautzki rüber zu dem Plastikklo. Feldhusen war gerade dabei, sich über die Leiche zu beugen und machte Fotos von der Wunde im Bauch des Toten. Als er Grabautzki bemerkte, sagte er: „Ey, Grabautzki, guck mal, den haben sie erschossen!“

Grabautzki schaute und sah, dass es sich nicht um einen aufgesetzten Schuss handelte, so wie bei seiner Volvo-Leiche. Selbstmord schied auch aus. Kein

Selbstmörder schießt sich in den Bauch und versucht dann die Blutung mit Klopapier zu unterdrücken. Sein kriminalistischer Erfahrungsschatz sagte ihm, dieser Typ ist wahrscheinlich bei einem unverhofften Schusswechsel ums Leben gekommen. Wäre dieser Mann nur zufälliges Opfer gewesen, hätte er bei dieser Verletzung mit Sicherheit um Hilfe gesucht. Aber nein, dieser Typ hatte sich wie eine sterbende Katze zurückgezogen. Dazu kam noch, dass er eine Waffe besaß, die vor seinen Füßen lag. Auch hier konnte Grabautzki nur hoffen, dass es sich bei dem Projektil, welches in diesem toten Körper steckte, nicht um ein Geschoss aus seiner Dienstwaffe handelt.

Während er damit beschäftigt war, einen möglichen Tathergang zu rekonstruieren, blaffte ihn Töpfer von hinten an: „Hey, Grabautzki, haben Sie Ihnen am Samstag den Führerschein abgenommen oder warum sind Sie zu Fuß hier?“

Grabautzki zuckte zusammen. Diese Art von sensibler Beobachtungsgabe war er von Töpfer nicht gewöhnt. Aber früher oder später musste er sich dieser Frage stellen.

Grabautzki gab stotternd die Antwort: „Ja, neeh, ääh, ich glaube irgendwelche Typen haben sich gestern an meinem Auto zu schaffen gemacht. Man hat mir einen Reifen zerstochen und die Türen aufgebrochen!“

Scheiße, dachte er, *jetzt wird meine Lügengeschichte offiziell.* Aber es gab kein Zurück mehr.

„Tja, das mit den Reifen und den Türen ist nicht so schlimm. Sie wissen ja, es ist ein altes Auto. Das Dumme ist nur, man hat mir meine Dienstwaffe aus dem abgeschlossenen Handschuhfach entwendet.“

Bei dieser Antwort wurden Töpfers boshafte Gesichtszüge von einem kaum merklichen Lächeln untermalt. Das war der Punkt, an dem er Grabautzki an den Eiern packen konnte.

„So, so“, meinte Töpfer. „Dann schreiben Sie mir hiernach einen ausführlichen Bericht und ich werde zwei Kollegen zu Ihrem Auto schicken, um die Spuren zu sichern!“ „Ja, ja, alles klar!“, antwortete Grabautzki mit übertriebener Gleichgültigkeit.

Jetzt war Grabautzki unter Zugzwang. Er musste irgendwie wieder nach Hause, bevor seine Kollegen bei ihm auf der Matte standen. Und er musste vorher seine eigenen Autotüren und das Handschuhfach aufbrechen, damit seine Geschichte wenigstens einen Funken Glaubwürdigkeit erlangte.

Grabautzki war trotzdem etwas erleichtert. Er hatte sich die Reaktion Töpfers etwas härter vorgestellt. Vielleicht war es aber auch nur die Ruhe vor dem Sturm. Auf jeden Fall benahm sich Töpfer wie immer: Der Tatort interessierte ihn nicht soviel wie das Gespräch mit der Presse. Die Drecksarbeit ließ er so oder so lieber von seinen Untergebenen erledigen.

Grabautzki war nur erstaunt, dass Töpfer den Journalisten überhaupt etwas mitteilen konnte, da zu diesem Zeitpunkt der Wissensstand aller beteiligten Polizisten gleich null war. Aber so war dieser Typ nun einmal, extrovertiert und dumm.
Töpfers Handy klingelte und nach einem kurzgehaltenem Gespräch gab Töpfer einem herumstehenden Kollegen zu verstehen, dass er was zu erledigen hätte.

Gott sei Dank, dachte Grabautzki*, der Typ haut ab* Das war für ihn die Gelegenheit, ebenfalls vom Tatort zu verschwinden. Er ging zu Feldhusen und sagte ihm: „Du, hör mal, ich muss nochmal kurz nach Hause. Ich glaube, ich habe vergessen, meine Kaffeemaschine auszuschalten, komme gleich wieder!"
„Dann mal los, nicht dass deine Drecksbude noch abfackelt", scherzte Feldhusen.
Grabautzki lief direkt zu seinem Volvo, riss die Heckklappe auf und zog unter einer Plastiktüte voller Pfandflaschen eine Brechstange hervor. Das Handschuhfach konnte er mit Hilfe dieser Stange relativ schnell demolieren und somit sah es schon recht gut nach Einbruch aus. *Jetzt noch die Fahrertür,* dachte er. Als er gerade die Brechstange ansetzen wollte, hörte er die krächzende Stimme seiner Nachbarin. Es war die ältere Dame, die ein Stockwerk unter ihm wohnte. Die hatte nicht nur einen Putzfimmel, sondern auch einen sehr hässlichen Pudel mit Überbiss, und während

sie ihrer Neugierde freien Lauf ließ, in dem sie ihn fragte: „Na, Herr Grabautzki, was machen Sie denn da?“, war die Misttöhle die ganze Zeit am kläffen. *Was soll 's,* dachte Grabautzki und so antwortete er: „Ach Frau Schmidt, sehen Sie, was irgendwelche Typen gestern mit meinem Auto gemacht haben! Mit dieser Brechstange haben sie meine Autotür 'soo' aufgebrochen. Und während er der alten Dame diese Lügengeschichte auftischte, brach er vor ihren Augen seine Tür auf.

Fassungslos starrte sie ihn an. „Ach, Sie Armer! Ich sags ja, es treibt sich immer mehr Gesocks in unserer Stadt herum!“

„Genau, Frau Schmidt, deshalb bin ich auch Polizist geworden. Haben Sie vielleicht irgendetwas beobachtet?“ „Jetzt, wo Sie es sagen: Ich habe Sonntagmorgen, so um 2 Uhr merkwürdige Geräusche auf der Straße gehört, das waren bestimmt diese Verbrecher!“

„Das ist sehr interessant“, meinte Grabautzki. Er nahm die Brechstange und wischte sie beiläufig mit seinem Hemd ab und warf sie auf den Beifahrersitz.

„Hören Sie, Frau Schmidt, ich muss wieder zur Arbeit, Sie haben mir sehr weitergeholfen“.

Ohne weitere Diskussionen zu führen, lief er zurück zum Tatort. Alles in allem hatte diese Aktion circa 30 Minuten gedauert und er hat durch seine neugierige Nachbarin ein ungefähres Zeitfenster erhalten, in dem sich der vermeintliche Täter oder die Täter an seinem Wagen zu schaffen gemacht haben könnten. Als er zurück am Tatort war, stellte er fest, dass seine Kollegen verschwunden waren.

Statt der üblichen Polizeifahrzeuge standen jetzt aber mehrere schwarze Limousinen von Audi bis Mercedes vor der Flatterband-Absperrung. Er wollte gerade wieder unter der Absperrung durchschlüpfen, als ihn ein dunkel gekleideter Mann stoppte. „Sie haben hier keinen Zutritt!", raunzte er ihn an. Grabautzki griff in seine Hosentasche und hielt diesem unsympathischen Typen seinen Dienstausweis vor die Nase. Der griff in seine Jacketttasche und hielt ihm ebenfalls einen Ausweis vor die Nase. „LKA, wir haben diesen Fall übernommen!"

Das ging aber schnell, dachte Grabautzki. *Töpfer, diesem feigen Hund, ist der Fall wohl eine Nummer zu groß.*

Trotzdem wollte Grabautzki von diesem Unsympathen wissen, wieso sich das LKA eingeschaltet hat. „Der Tote, den wir hier haben, hat offensichtlich ausländische Wurzeln. Wir können noch nicht genau sagen, aus welchem Land, aber wir tippen auf den Nahen Osten. Und somit können wir eine Tat mit islamistischem oder rechtsextremistischem Hintergrund nicht ausschließen. In so einem Fall sind wir vom LKA an der Reihe und Sie können also wieder zu Ihrer Dienststelle und aktuelle Hühnerdiebstähle aufklären". Für Grabautzki war klar, dass es sich bei der Antwort dieses Typens um Klischee-Verhalten der übelsten Sorte handelte und spielte kurz mit dem Gedanken, diesem Arsch links und rechts was in seine arrogante Visage zu schlagen. Vielleicht wollte er aber genau das erreichen. Grabautzki jedenfalls ließ von seinem Vorhaben ab. Er hatte schon genug Probleme am Hals und ein weiteres Disziplinarverfahren wollte er nicht riskieren. Also hob er nur drohend seinen Zeigefinger und sagte: „Vorsicht Freundchen!", drehte sich um und verließ den Ort des Geschehens.

Auf dem Weg zu seiner Dienststelle überlegte er kurz, ob es nicht vielleicht sogar ein Vorteil sei, dass diese Lackaffen den Fall übernommen haben. Denn noch war die zweite Leiche nicht entdeckt worden und diesen Typen waren die sozialen Strukturen dieser Stadt nicht bekannt und so würden sie zwischen ihm, seinem Volvo und den nächtlichen Beobachtungen von Trixi keinen Zusammenhang herstellen können – jedenfalls nicht so schnell.

Er hatte also für seine eigene Recherchen wieder ein bisschen Zeit gewonnen. Wenn er Glück hatte, war seine Dienstwaffe an diesen beiden Morden gar nicht beteiligt und man würde den fingierten Einbruch an seinem Wagen unter jugendlichem Vandalismus abhaken. Aber richtig daran glauben konnte er nicht, denn schließlich lag eine dieser Leichen in seinem Auto. Sollte die zweite Leiche gefunden werden – und da war sich Grabautzki hundertprozentig sicher, würde sich das LKA auch diesen Fall unter den Nagel reißen.

Wenn seine Kollegen und er keinen Mordfall mehr bearbeiten bräuchten, blieben ja nur noch die Hühnerdiebstähle und die waren aus der Kriminalstatistik so gut wie verschwunden.

So beschloss Grabautzki, erst einmal einen Bericht über den Verlust seiner Dienstwaffe zu schreiben. Dann wollte er sich ein Tatortfoto von Feldhusen besorgen und damit zu Trixi fahren, um festzustellen, ob der Toiletten-Tote identisch ist mit dem Typen, mit dem er am Vorabend in Trixis Kneipe Streit hatte. Und das konnte er jetzt alles während seiner Arbeitszeit erledigen.

Kapitel 5 – Spurensuche

Der Lügenbericht war schnell verfasst und Grabautzki fuhr zum 'Rostigen-Anker', sprich Trixis Kneipe. Der Laden war nur mäßig besucht, es saßen nur vier Rentner am Tresen die knobelten und fünf Typen spielten in der hinteren Ecke Billard.

Grabautzki kannte diese Typen, aber nicht alle namentlich. Trixi war grade dabei, einen 'Charli' zu mixen, eine Plörre aus Cola und Weinbrand, die bei der friesischen Landbevölkerung Kult-Status besitzt.

Er ging rüber zu ihr und schob so unauffällig wie möglich das Tatortfoto, welches Feldhusen geschossen hatte, über den Tresen.

„Schau mal, Trixi," flüsterte er, „ist das der Typ, mit dem ich mich hier bei Dir beinahe geprügelt hätte?"

Trixi richtete ihre in grünen Lidschatten gebetteten Augen auf das Foto und sagte in überzeugenden Ton: „Nee, der war es nicht!"

Grabautzki war sichtlich erleichtert und wollte damit auch seine Zeugenbefragung beenden, als einer der

Billardspieler, er hieß Rudi und war ein arbeitsloser Dachdecker, zu ihm rüber rief: „Ey, Grabautzki, wie ist es gelaufen, hast Du die kleine Türkin noch flachgelegt?“

Scheiße, dachte er, *dieser Typ kann sich tatsächlich noch an mich erinnern! Obwohl das Motto auf so einem Stadtfest lautet, 'wer sich erinnert, war nicht dabei!'* Grabautzki drehte sich zu ihm um und antwortete so lässig wie möglich: „Alter, was geht Dich mein Sexualleben an?“

Dann verließ er die Gaststätte wieder, aber ihm wurde klar, dass Trixi nicht die einzige Person war, die ihn mit der Frau und dem bärtigen Mann gesehen haben könnte. Dabei war Rudi das geringste Problem, dieser Typ war grenzdebil und konnte eh keine komplexen Zusammenhänge herstellen.

Aber egal, er konnte es nicht mehr ändern und so beschloss er, sich erst einmal seinem Auto zu widmen, um es auf Spuren zu untersuchen.

Als er in seinem Wohnviertel ankam, stand ein Streifenwagen vor seinem Hausblock. Zwei uniformierte Kollegen begutachteten grade seinen Volvo.

Es waren die beiden jungen Polizeimeister Martens und Höpken.

Zielstrebig ging er auf die beiden zu und begrüßte sie freundlich: „Moin, Jungs, schöne Sauerei was?“

„Ja,“ antwortete Martens, „die haben hier ganze Arbeit

geleistet, sieht so aus, als wären sie mit Deiner Karre auch noch rumgefahren, das Zündschloss wurde auf jeden Fall manipuliert." Der Vorteil war, dass Grabautzki, der sich zwar in der Beförderungs-Warteschleife befand, trotzdem vom Dienstgrad her über ihnen stand. Deshalb behandelten sie ihn mit Respekt und nahmen ihre Ermittlungsarbeit etwas zu oberflächlich war. Sie begnügten sich damit, ein paar Fotos vom Kotflügel und dem aufgebrochenen Handschuhfach zu machen und schrieben stichworthaltig ihre Beobachtungen in ein Notizheft, wie 'Reifen geplatzt - Zündung überbrückt'.

Die ganze Tatortbesichtigung dauerte dann auch nur fünfzehn Minuten und sie verabschiedeten sich wieder per Handschlag ohne auch nur einen Blick in den hinteren Teil seines Fahrzeugs zu werfen.

Nun schritt Grabautzki selbst zur Tat. Er öffnete die Heckklappe und schaute prüfend in den Innenraum seines Volvos. Das Chaos darin war immer noch das Gleiche. Er war selbst beeindruckt davon, was ein einzelner Mensch für einen Müll horten konnte.

Aber eines fiel ihm dann doch auf. Die alte Wolldecke, mit der man die Leiche zugedeckt hatte, war verschwunden. *Was hat das zu bedeuten, wollte irgendeiner Indizien beseitigen, weil sich Blutspuren an der Decke befanden?,* rätselte Grabautzki. *Und wenn das so war, hat diese Person bestimmt auch alle anderen tatrelevanten Spuren beseitigt.* Hier kam er also nicht mehr weiter und so beschloss er, seine Wohnung nochmal unter die Lupe zu nehmen. Im oberen Stockwerk angekommen, bemerkte er, dass seine Wohnungstür nur angelehnt war. Instinktiv wollte er seine Dienstwaffe ziehen, aber er hatte ja keine mehr. Also drückte er vorsichtig die Tür auf und schlich durch seinen Flur ins Wohnzimmer.

Aber es sah alles ganz normal wie immer aus. Dann bewegte er sich langsam Richtung Schlafzimmertür und wollte sie leise öffnen, als die Tür plötzlich von innen aufgerissen wurde.

Vor ihm stand eine schwarzgekleidete Person mit Kapuze und ehe er reagieren konnte, traf ihn eine Faust direkt unters Kinn. Grabautzki verlor augenblicklich das Bewusstsein und fiel rückwärts auf den Boden.

Es dauerte eine Weile, bis er wieder zu sich kam. Mit einer Hand hielt er sich seinen schmerzenden Unterkiefer und richtete sich, leicht torkelnd, wieder auf. Die fremde Person war verschwunden. Grabautzki wankte hinüber zu seinem Bett und setzte sich.

Als sich sein Bewusstseinszustand wieder regenerierte, hockte er sich auf den Boden und schaute unter sein Bett. Die Plastiktüten mit den gesammelten Gegenständen aus seiner Wohnung waren ebenfalls verschwunden.

Jetzt war es eindeutig, die Person, mit der er hier in seiner Wohnung am Stadtfestabend gewesen war, musste etwas mit dem Mordopfer in seinem Auto zu tun haben. Sämtliche Beweistücke, die für eine DNA-Analyse von Wert waren, wurden professionell beseitigt.
In dieser Wohnung gab es nichts mehr zu untersuchen, also begab er sich zu seinem Dienstwagen und machte sich auf den Weg zum Osthafen. Er musste Winkler zu Rate ziehen.

Am Osthafen angekommen, präsentierte dieser sich von seiner schönsten Seite. Malerisch lagen die vielen kleinen und großen Boote vereint auf dem dunkelgrünen Wasser des Hafenbeckens, ihre Rümpfe und Masten spiegelten sich auf der Wasseroberfläche.

Grabautzki war jegliche Empathie abhanden gekommen, um sich an diesem Bild zu erfreuen. Er stoppte vor Winklers Anleger und lief über den Steg zu Winklers Boot. Dieser saß auf dem Achterdeck auf einem Klappstuhl und war am Angeln, dabei trank er genüsslich ein Glas eisgekühlten Weißwein.
Als er Grabautzki bemerkte, flüsterte er: „Psst, whitewine to the fish, Sie verstehen?“
Grabautzki war nicht zum Scherzen zumute und fing aufgeregt an, zu berichten: „Hören Sie, Winkler, ich hab es heute nicht so mit lustig, Sie haben ja keine Ah-

nung was schon wieder alles passiert ist!“ „Ja, ja, ich sehe schon, haben Sie sich versucht zu schminken?“ Winkler spielte damit auf Grabautzkis Kinn an, das mittlerweile blau-grün gefärbt war.

„Nein, ich hab was auf die Fresse bekommen!“ „Von Töpfer?“, fragte Winkler ironisch nach.

Jetzt musste Grabautzki doch etwas lächeln. „Bestimmt nicht, das hätte der Typ nicht überlebt. Nein, ich bin in meiner Wohnung überfallen worden. Alle Beweismittel sind verschwunden, sogar die blutige Wolldecke aus meinem Auto.“

Winkler stellte sein Weinglas auf den Decksboden und fragte: „Oh, Oh, und was noch?“ „Alle meine Kollegen wurden von dem Toiletten-Mord abgezogen und das LKA hat den Fall übernommen. Sie lassen uns nicht einmal in die Nähe des Tatortes!“

„Mann, das klingt ja so als wären Außerirdische in unserer Stadt gelandet und die US-Army versucht mal wieder alles zu vertuschen!“

„Stimmt, nur hier ist es das LKA! Wie konnten die so schnell davon Wind bekommen und vor allem, wie konnten die so schnell vor Ort sein? Von Hannover aus braucht man bis zu uns mindestens zwei Stunden, und bei der von Baustellen überzogenen A7 wahrscheinlich noch länger.“

„Genau“, bemerkte Winkler, „dieser Tatsache sollten wir auf den Grund gehen. Ich frag mich, ob unser lieber Herr Töpfer nicht vielleicht sein fetten Finger mit im Spiel hat?“ „Kann ich mir nicht vorstellen, der Typ ist doch, was Kriminalistik betrifft, vollkommen inkompetent. Allerdings habe ich beobachtet, dass er am Tatort einen Anruf bekam und kurz darauf verschwunden ist.“

Winkler dachte kurz nach und sagte: „Vielleicht haben unsere Kollegen vom LKA schon geahnt, dass es zu diesen Mordtaten kommen würde und waren schon längst vor Ort.

Sie erinnern sich doch sicher noch an den Tag, an dem die Flugzeuge ins World-Trade-Center geflogen sind. Als Präsident Bush die Nachricht von dem angeblichen Anschlag übermittelt bekam, saß er bei einer öffentlichen Schulveranstaltung, live vor einer TV-Kamera und verzog dabei keine Mine. Es erweckte den Eindruck, als wäre er auf diesen Anschlag schon längst vorbereitet gewesen. Klar ist jedenfalls, das hier stinkt genauso zu Himmel!“

„Mhm, wollen Sie damit sagen, das Ganze ist ein abgekartetes Spiel in das das LKA involviert ist? Das wäre aber eine gewagte Verschwörungstheorie. Aber vielleicht haben Sie ja Recht, wäre ja nicht das erste Mal, wenn ich an die Verstrickungen des BKA bei den NSU-Morden denke.“

„Genau“, meinte Winkler, „wir sollten es auf jeden Fall in Erwägung ziehen. Unabhängig davon müssen Sie weiter ermitteln. Suchen Sie diese 'Aischa', wenn sie eine Ausländerin ist, ob Türkin oder was auch immer, hält sie sich vielleicht noch in unsere Stadt auf. Es kann ja sein, dass diese Frau im Zuge der Flüchtlingswelle zu uns gekommen ist und lebt in irgend einer Flüchtlingsunterkunft.

Die Überlegungen Winklers waren naheliegend, denn die Flüchtlinge aus den krisengeschüttelten Ländern im Nahen Osten wurden auf das ganze Land verteilt und selbst die kleinsten Gemeinden mussten Unterkünfte für sie bereitstellen.

Diese ganze Verteilungsaktion der Behörden war für die armen Flüchtlinge ein reines Lotteriespiel. In einigen ostdeutschen Bundesländern konnte es für diese Schutzsuchenden schon mal sehr unangenehm werden. Denn Weltoffenheit und globales Denken sind für viele dieser Bundesbürger immer noch Fremdworte. Für diejenigen Flüchtlinge, die nach Friesland kamen, war es schon fast ein Glücksfall, die Friesen sind eine andere Kategorie von Menschen.

Sie verhalten sich besonnen und gastfreundlich. Natürlich gibt es auch hierzulande diese typischen Dreikant-Schlüssel-Köpfe, die ihre Bildung aus der Bild Zeitung besitzen und die allem Fremden gegenüber mit Argwohn begegnen. Aber noch waren sie hier in der Minderheit.

„Ich bin mir ziemlich sicher“, fuhr Winkler fort, „dass diese 'Aischa' ein Bindeglied zwischen diesen beiden

Morden ist und wesentlich zur Aufklärung beitragen kann! Ach ja, besorgen Sie sich auch ein Foto von der Leiche aus Ihrem Auto, um es Trixi zu zeigen. Vielleicht war dieser Typ es ja, der mit Ihnen in der Kneipe Stress hatte. Das wäre allerdings nicht vorteilhaft für Sie!“

Grabautzki war mal wieder beeindruckt von Winklers analytischem Denken und das, obwohl der alte Sack schon eine halbe Flasche Weißwein intus hatte.

Kapitel 6 – Aischa

Es war sommerlich warm an diesem Mittwoch und Grabautzki hatte seinen freien Tag. Die Leiche aus seinem Auto ist immer noch nicht entdeckt worden, so dass er sich langsam Sorgen machte. *Wenn das noch länger dauert,* dachte Grabautzki, *ist der Typ bei diesen Temperaturen bald verwest! Dann brauche ich auch kein Foto mehr von ihm machen.*

Und so beschloss er, den Kotflügel und den Reifen seines Volvos zu reparieren und dann selbst nach dem Toten im Gewerbegebiet zu schauen.

Es war ihm klar, dass diese Aktion sehr riskant war, aber er hielt das Warten nicht mehr aus.

Was das Reparieren seines Autos betraf, war Grabautzki ziemlich schnell, der Reifen war ruckzuck gewechselt und den Kotflügel hatte er mit Blumendraht am Auspuffkrümmer befestigt. Es sah zwar scheiße aus, aber funktionierte.

Was allerdings überhaupt nicht mehr funktionierte, war die Fahrertür. Er hatte bei seiner brachialen Aufbrechaktion den Schließmechanismus komplett zerstört, so dass er gezwungen war, ein Schuhband zu nehmen. Er befestigte ein Ende an dem inneren Türgriff, und das andere an dem Handbremsen-Hebel.

Jedes Mal wenn er mit seinem Auto eine Rechtskurve fuhr, öffnete sich die Tür um zehn Grad. Aus diesem Grund konnte er seinen Volvo nur sehr langsam Richtung Gewerbegebiet steuern.

Als er sich dem Supermarktgelände näherte, sah er ein paar Jugendliche beim Skateboard fahren.

Ihm war sofort klar, dass hier irgendetwas nicht stimmen konnte. Jeder Halbblinde hätte die Leiche sofort entdeckt, es sei denn, sie ist nicht mehr da!

Er kurvte mit leicht offenstehender Fahrertür über den Parkplatz an den Skatern vorbei und warf einen Blick in die Plastikgarage für Einkaufswagen.

Und tatsächlich, die Leiche war verschwunden.

Grabautzki verspürte ein leichtes Kribbeln unter seiner Kopfhaut, als sei es der Vorbote eines nahenden Schlaganfalls und es rutschten ihm die Worte raus: „Winkler steh' mir bei!“

Er trat voller Verzweiflung auf das Gaspedal. Die Jugendlichen sprangen in Panik von ihren Skateboards und schrien hinter ihm her: „Ey, du alter Kacker, fahr lieber 'nen Rollator!“

Ohne einen Gedanken an die wild hin- und herschlagende Fahrertür zu verschwenden, raste er Richtung Osthafen. Dort angekommen, sah er dass Winkler Besuch hatte. Trixis Auto stand vor dem Bootsanleger.

Leise schritt Grabautzki über die Steganlage und bückte sich, um einen Blick durchs Bullauge der Razzle-Dazzle zu werfen.

Seine Pupillen weiteten sich, denn zum ersten Mal wurde er Zeuge eines Geschlechtsaktes zwischen über Siebzigjährigen.

Das Winkler auch nackt nicht hinreißend aussah, war keine Überraschung, aber die alte Trixi haute ihn um.

Sie lag auf dem Kajüten-Boden und hatte ihre Beine gespreizt. Winkler hatte ihr den Rock hochgeschoben und ihre Brüste aus der Seidenbluse befreit. Sie trug anthrazitfarbene, halterlose Strümpfe und silberne High-Heels der Extraklasse. Ihre Beine waren makellos schön und ihre Brüste konnten es mit denen von Dolly Buster aufnehmen.

Ihre Brustwarzen hatten die Größe von Autorad-Ventilen und bei jedem Stoß den Winkler in ihr vollzog, wackelten sie wie kleine Lämmerschwänze.

Grabautzki bekam bei diesem Anblick unfreiwillig eine Erektion. Aber trotz eigener Verzweiflung und Erektion, dachte er: *Verdammt, die kann ich doch jetzt nicht stören!* Also setzte er sich auf den Bootssteg, zog seine Schuhe aus und ließ seine Füße ins Wasser baumeln. Langsam beruhigte sich seine Libido wieder und er drehte sich eine Zigarette. Nach der fünften Zigarette schaute Grabautzki wieder rüber zur Razzle-Dazzle. Die kleinen zarten Wellenringe die sich bei der sexuellen Aktivität an Bord um den Schiffsrumpf gebildet hatten, legten sich langsam wieder. Das war ein Zeichen dafür, dass die beiden Akteure ihren Paarungsakt beendet hatten.

Grabautzki erhob sich wieder, kletterte an Bord und klopfte an die Kajütentür. „Was gibt's?", hörte er Winkler knorren. „Ich bin's Grabautzki!" Winkler öffnete die Tür und schob ihn aufs Vorderdeck, weil Trixi offensichtlich noch nicht ihre Kleiderordnung wieder hergestellt hatte.

„Die Leiche ist weg!", rief er aufgeregt. „Welche?", fragte Winkler. „Na die vom Supermarkt!"

„Scheiße!", meinte Winkler, „das kann nur bedeuten, man hat uns bei diesem illegalen Leichentransfer beobachtet."

„Und was nun?" „Keine Ahnung, ich hol erst einmal zwei Gläser Rum auf Eis und dann sehen wir weiter."

Sechs Drinks später starrten die beiden in ihre Gläser und sahen den Eiswürfeln beim schmelzen zu.

Mittlerweile hatte sich auch Trixi zu den zwei Verzweifelten gesellt.

Irgendwann meinte sie: „Tja, Ihr beiden Trunkenbolde, Ihr steckt ganz schön in der Scheiße!“ Winkler und Grabautzki hoben ihre Köpfe und schauten sie mit glasigen Augen an und fast gleichzeitig sagten sie: „Wissen wir selbst!“

Es folgte eine lange Zeit des Schweigens, dann meldete sich Winkler wieder zu Wort: „OK, es hilft nichts, wir suchen jetzt erst einmal diese mysteriöse Aischa. Wenn man diese Frau nicht auch schon abgemurkst hat, hält sie sich vielleicht noch hier in der Gegend auf. Sie ist der einzige Anhaltspunkt, um in diesem Fall weiterzukommen. Also auf geht’s, aber Autofahren ist nicht mehr drin Grabautzki, wir rufen uns ein Taxi!“

Dass dieser Typ nach so vielen Drinks immer noch voller Elan steckte, faszinierte ihn.

Während sie auf ihr Taxi warteten, fragte Grabautzki: „Wo fangen wir an?“ „Wir besuchen erst einmal dieses Hotel an der Hauptstraße, dort wurden die meisten Asylanten untergebracht. Vielleicht kennt man sie ja und sie hält sich dort sogar auf.“

„Das Problem ist nur“, meinte Grabautzki, „ich kann mich nicht an ihr Aussehen erinnern.“

„Das macht nichts, sollten wir ihr begegnen, kommt es bestimmt zu einer Reaktion ihrerseits. Diese Aischa wird wohl nicht so betrunken gewesen sein wie Sie.“

„Mag sein, aber mir fällt grade ein: Es gibt da doch einen, der diese Frau gesehen hat und sich sogar an sie erinnert. Es ist Rudi, der arbeitslose Dachdecker. Zufällig weiß ich, wo er sich um diese Zeit immer aufhält. Er sitzt meistens hinten an unserer Schleuse und angelt, was soll die arme Sau sonst auch machen. Vielleicht hilft er uns ja bei der Identifizierung. Ein Versuch wäre es wert."

Das war eine gute Idee, befand Winkler und so machten sie sich mit ihrem Taxi als erstes auf die Suche nach Rudi. Sie umrundeten das Hafenbecken und fuhren zur Schleuse.

Tatsächlich konnte man schon von Weitem sehen, wie Rudi, auf einem Klappstuhl sitzend, seine Angel ausstreckte. Neben ihm auf der Kaimauer stand sein Equipment: Plastikeimer, Köderdose und ein Sechserpack Bier.

Eine Flasche Bier hatte er bereits geöffnet und halb angetrunken. Das war ein Zeichen dafür, dass er noch nicht solange vor Ort war.

Grabautzki stieg aus dem Taxi und ging zu ihm rüber. „Petri Heil!", rief er, „schon was gefangen?"

Rudi zuckte erschrocken zusammen, er war vollkommen in seine Lethargie versunken. Er befand sich auf dem Tiefpunkt seines Lebens und zweifelte an sich und seinem Dasein.

Als er Grabautzki erkannte, verwandelte sich sein von Trübsal gezeichnetes Gesicht in ein Lächelndes.

„Mensch Grabautzki, was machst Du denn hier, musst Du keine Mörder fangen? Ich jedenfalls fang Fische!"
„Sehe ich, wie läuft's denn so?" „Beschissen, wie alles in meinem Leben!"
Grabautzki wusste, dass Rudi trotz seines Lächelns in einer depressiven Phase steckte und in Selbstmitleid versank.
„Hör zu Rudi, wir brauchen Deine Hilfe, es geht um Leben oder Tod!"
Bei diesem Satz fingen seine Augen an zu leuchten. Sollte er tatsächlich für eine lebenswichtige Mission gebraucht werden? Es kam immer seltener vor, dass ihn jemand um Hilfe bat und so antwortete er auch gleich euphorisch: „Ja klar, wenn's der Gerechtigkeit dient. Worum geht es?"
„Erinnerst Du dich noch an den Abend bei Trixi? Da war ich doch mit so einem Mädel da!"
„Ja sicher, Du meinst die kleine Türkin! Mann war das 'ne heiße Schnitte!"
„Genau die müssen wir finden!" Enttäuscht antwortete Rudi: „Ach so, wenn's weiter nichts ist, die wohnt im 'Saladin'. Sie arbeitet dort in der Küche."
Grabautzki traute seinen Ohren nicht, denn das Saladin war das ehemalige Hotel, welches er und Winkler als erstes aufsuchen wollten. Ungläubig fragte Grabautzki: „Woher weißt Du das?"
„Na ja", meinte Rudi, „sie sieht gut aus und so hab ich meine eigenen Nachforschungen angestellt."

„OK, Details will ich gar nicht wissen, aber kannst Du sie uns zeigen? Ich kann mich nämlich nicht mehr an ihr Gesicht erinnern."

„Ja natürlich, wenn sie da ist. Hat sie Probleme? Ist sie in Gefahr?" „Wissen wir nicht, aber wir müssen sie unbedingt sprechen!"

Rudi erhob sich von seinem Klappstuhl und folgte Grabautzki zum Taxi. Den Angelkram und sein Bier ließ er gleichgültig auf der Kaimauer stehen, er hatte jetzt einen wichtigen Auftrag.

Das Saladin gehörte einem Türken namens Acar Kaan. Als die große Flüchtlingswelle über Westeuropa hereinbrach, entschied sich der Herr Kaan, sein gutgehendes Hotel in eine Flüchtlingsunterkunft umzuwandeln und stellte es der Stadt zur Verfügung. Und das, für ein geringes Pachtgeld, welches nicht ansatzweise an die vorherigen Einnahmen aus dem Hotel herankamen. Das war für einen Unternehmer äußerst ungewöhnlich, denn mit dem zunehmenden Flüchtlingsstrom, vor allem aus Syrien, gerieten die kleinen Kommunen in unserem Land immer mehr unter Druck, was Flüchtlingsunterkünfte betraf. Viele skrupellose Immobilienbesitzer witterten das ganz große Geschäft und verpachteten ihre Schrottimmobilien den Städten und Gemeinden zu vollkommen überhöhten Preisen.

Auch der Name des Hotels war außergewöhnlich und

für jeden Moslem ein Begriff. Er bezog sich auf den großen Herrscher über Ägypten und dem Königreich Jerusalem – 'Sultan Saladin'.

Als im Verlauf des dritten Kreuzzuges 1189 bis 1192 Richard I., auch Richard Löwenherz genannt, große Teile des Königreichs Jerusalem zurückerobert hatte, scheiterte dieser aber an seinem wichtigsten Eroberungsziel – die Einnahme der Stadt Jerusalem.

Alle Belagerungs- und Angriffsversuche nutzten nichts, Richard Löwenherz verzweifelte an Saladins Stärke und Durchhaltungsvermögen.

In dieser Situation zeigte der Sultan Saladin seine wahre Größe. Denn als Richard Löwenherz in der Stadt Akkon, die er in Besitz genommen hatte, plötzlich lebensgefährlich erkrankte, sendete Saladin seine zwei besten Mediziner zu ihm ans Krankenbett.

Was die medizinischen Kenntnisse und Fähigkeiten der islamischen Welt betrafen, waren sie denen der Europäer weit voraus. Den beiden Medizinern gelang es Richard Löwenherz zu heilen

Dieses diplomatisch- und taktisch geschickte vorgehen Saladins führte dazu, dass der Christ Richard dem Moslem Saladin Respekt zollte, denn daraufhin folgte ein dreieinhalbjähriger Waffenstillstand.

In dieser Zeit durften sogar christliche Pilgerer die heilige Stadt Jerusalem besuchen.

Aber kein Mensch hat aus der Geschichte gelernt, Achthundert Jahre später sind die Fronten zwischen

Christen und Moslems verhärteter denn je und man bekommt Zweifel daran, ob die Religion, egal welcher Art, der Menschheit jemals etwas Gutes eingebracht hat, außer Mord und Krieg.
Man kann Acar Kaan nicht mit Saladin vergleichen, aber eine gewisse Größe hat auch er an den Tag gelegt.

Die Taxifahrt dauerte nicht lange und die drei Fahrgäste stiegen aus und standen vor der Füchtlingsherberge des Herrn Kaans - dem Saladin!
Auffällig viele ausländische Jugendliche saßen vor dem ehemaligen Hotelportal auf den Treppenstufen und waren mit ihren Smartphones beschäftigt.
Allein die Tatsache, dass hier jeder junge Flüchtling so ein Telefon besaß, erweckte bei den einfach strukturierten Bürgern dieser Stadt Missgunst.
Man kannte die dummen Stammtischparolen dieser besorgten Bürger. „Seht nur, diese Kanaken haben in ihrem Land angeblich nichts zu Fressen aber alle haben sie so ein Handy!"
Was diese Schwachmaten komplett ausblenden ist die Tatsache: Diese Handys sind das Einzige, was ihnen geblieben ist und das Einzige, mit denen sie Kontakt zu ihren zurückgelassen Verwandten und Bekannten halten können.
Rudi führte den kleinen Trupp an, dabei fühlte er sich wie der Einsatzleiter einer Spezialeinheit.

„Hier müssen wir lang, dieser Gang führt in den Küchenbereich. Dort müsste sie sich aufhalten!"
Grabautzki und Winkler folgten ihm bedingungslos. Als sie die große alte Hotelküche betraten, umhüllte sie ein Duft aus orientalischen Gewürzen und gebratenem Lammfleisch.
Rudi blieb stehen und zeigte mit dem Finger auf eine von drei Frauen, die an der Küchenzeile standen und irgendetwas zubereiteten. „Die da in der Mitte, das ist Deine Aischa!"
Grabautzki ging auf sie zu und sprach sie von hinten an: „Aischa, bist du es?" Erschrocken drehte die Frau sich um und Grabautzkis Frage hatte sich erledigt - Ja, sie war es!
Sie trug eine enge Strech-Jeans die an den Seite mit Srass-Steinen besetzt war und ihre schlanken Beine erotisch hervorhoben. Der dünne, weit gestrickte Pullover verdeckte allerdings die Konturen ihres Oberkörpers. Ihr ebenmäßiges Gesicht mit den dunkelbraunen Augen wurde von einem schwarzen, mit Goldfäden durchwebten Schleier umrahmt. Um ihre Schulter hing eine kleine bunte Hirtentasche aus Kalbsleder.
Er wollte grade eine weitere Frage an sie stellen, als Aischa mit panischem Blick an ihm vorbeischaute.
„Vorsicht, Deckung!", schrie sie und deutete mit dem Finger auf die Küchentür. Kaum hatte sie es ausgesprochen, peitschte ein Geschoss an Grabautzkis Schläfe vorbei. Alle drei drehten sich ruckartig um,

und die zwei Frauen rechts und links von Aischa warfen sich zu Boden.
In der Tür standen zwei Männer, sie trugen Sonnenbrillen und hatten Pistolen in den Händen. Sie wollten gerade wieder das Feuer eröffnen, da geschah etwas Unerwartetes.
Rudi griff in seine Gürteltasche und zog sein langes Anglermesser heraus und ohne zu überlegen stürzte er sich mit vorgehaltenem Messer auf die beiden Angreifer. Was folgte war ein weiterer Schuss – ein kreisrundes Loch zeichnete sich in Rudis Stirn ab und er sackte zusammen wie eine Marionette, der man die Fäden durchtrennt hatte. Er war sofort tot.
Jetzt ergriffen Winkler und Grabautzki die Initiative, reflexartig schnappten sie sich zwei Stühle und schleuderten sie in Richtung der beiden Schützen. Aischa schrie: „Hier lang!“

Sie riss eine schwere Feuerschutztür auf, zog Grabautzki am Ärmel hinter sich her und Winkler folgte ihnen. Mehrere Schüsse fielen und schlugen in die Metalltür ein. Doch die drei waren schneller und Aischa verriegelte die Tür von der anderen Seite. Panisch rannten sie einen schmalen Gang entlang, der nach draußen in den Hotelgarten führte.
Sie stürmten durch den Garten und sprangen über einen Holzzaun auf ein Nachbargrundstück. Auch dort hetzten sie über den Rasen, erst eine drei Meter hohe

Steinmauer stoppte ihre Flucht. Von Angst gejagt, versteckten sie sich in einem kleine Gartenhaus aus Wellblech. Geschockt und außer Atem pressten sie sich im Inneren der Hütte an die Blechwand.

Grabautzki schaute vorsichtig durch das einzige kleine Fenster in dieser Bude. „Ich glaube, wir haben sie abgeschüttelt." „Das glaube ich nicht," flüsterte Aischa, „diese Typen sind Profis!"

„Mist", fluchte Grabautzki, „und jetzt? Wir haben ja nicht mal eine Waffe!"

Daraufhin griff Aischa in ihre kleine Hirtentasche, zog eine Pistole heraus und hielt sie Grabautzki vor die Nase.

Er traute seinen Augen nicht, aber es war eine P99, seine eigene Dienstwaffe. Er nahm die Pistole in die Hand, entsicherte sie, zog den Schlitten nach hinten und ließ ihn zurückschnellen. Als er wieder einen Blick aus dem Fenster wagte, stellte er fest, dass Aischa Recht hatte.

Einer dieser Typen versuchte grade über den Holzzaun zu klettern. Ohne zu zögern stürmte Grabautzki aus der Hütte und rannte schießend auf den Mann zu.

Der vierte Schuss traf diesen Kerl durch dessen Sonnenbrille ins linke Auge, und er fiel zurück auf die andere Seite des Zauns.

Grabautzki suchte Deckung hinter einer alten Schubkarre. Sekunden später versuchte auch der zweite Angreifer über den Zaun zu gelangen. Diesmal legte Grabautzki gezielt an und schoss diesem Mann direkt in den Mund. Er sah wie diesem Kerl die Zähne rausflogen und er noch vor dem Zaun zusammenbrach.

Grabautzki wurde kreideweiß und er zitterte am ganzen Körper. Er hatte gerade zwei Menschen erschossen, und er fühlte sich an Rudis Tod schuldig. Hätte er ihn doch einfach nur angeln lassen.

Es dauerte eine Zeit bis Aischa und Winkler aus ihrem Versteck kamen. Winkler ging hinüber zu Grabautzki, der auf dem Boden kniete und weinte.

Er klopfte ihm auf die Schulter und sagte: „Kommen Sie, wir müssen hier verschwinden. Das mit Ihrem Kumpel tut mir leid, aber Sie müssen auch bedenken, dass Sie zwei anderen Menschen das Leben gerettet haben!“

Zu Dritt machten sie sich auf die Suche nach einem Ausgang aus diesem mit Steinen umzäunten Grundstück.

Dabei wandte sich Winkler an Aischa und sagte: „Und Sie, junge Dame, werden uns jetzt begleiten. Es ist hier zu gefährlich für Sie und außerdem haben Sie uns einiges zu erklären!“

Kapitel 7 – Die Wahrheit?

Wie Hasen auf der Flucht schlug das Trio mehrere Haken auf ihrem Weg zum Osthafen. Und weil sie ständig die Richtung wechselten, verlängerte sich der Fußmarsch um das Dreifache. Dabei drehten sie sich ständig ängstlich nach allen Seiten um.

Ihr Fluchtplan war simpel, sie wollten mit Winklers Schiff erst einmal auf die offene See, um einen gewissen Sicherheitsabstand vor ihren Verfolgern zu bekommen.

Winkler wusste, dass um diese Uhrzeit die Schleuse geöffnet war, aber nur noch für dreißig Minuten.

Am Schiffsanleger angekommen, sprangen Aischa und Winkler sofort an Bord – Winkler startete den Motor und Grabautzki schmiss die Leinen los.

Langsam nahm die Razzle-Dazzle Fahrt auf, und nachdem sie die Schleuse passiert hatten, beschleunigte Winkler auf die Höchstgeschwindigkeit von zwölf Knoten. Es war ruhige See und der alte Dieselmotor trieb das Schiff tuckernd über Deutschlands schönste Meeresbucht – dem Jadebusen! Sie fuhren am Arngaster Leuchtturm vorbei Richtung Wilhelmshaven.

Auf der Backbordseite sah man den berühmt-berüchtigten Tiefwasserhafen, den Jade-Weser-Port.

Winklers Ziel war eine ihm bekannte kleine Sandbank zwischen Mellum und Wangerooge. Dort wollte er die Razzle-Dazzle bei Niedrigwasser trockenfallen lassen. Damit wären sie für mindesten sechs Stunden unerreichbar für jeden Verfolger.

Die Berechnungen Winklers stimmte und die Gezeiten hielten sich an seinen Plan. Das Echolot zeigte nur noch wenige Zentimeter unter dem Kiel an. Er stoppte die Maschine und wartete darauf, dass der Schiffsrumpf Grundberührung bekam. Es gab ein dumpfes Knirschen und das Schiff krenkte sich leicht um drei Grad.

Die Ebbe hatte die Razzle-Dazzle auf Sand gebettet. Eine unbeschreibliche Ruhe machte sich breit, nur hier und da hörte man eine einzelne Möwe kreischen.

Wenn die Umstände dieser Seereise nicht so dramatisch wären, würde man es für einen wunderschönen Traum halten. Aischa stand mit offenem Mund an der Railing und staunte über die von ihr noch nie gesehene Schönheit dieser Wattlandschaft. Auch Grabautzki kam wieder zur Ruhe und die traumatischen Erlebnisse von vorhin glitten langsam von ihm ab. Nur Winkler war schon längst in der Kajüte verschwunden und bereitete drei Gläser Rum mit den restlichen Eiswürfeln vor.

Kurze Zeit später saßen alle drei auf dem Vorderdeck und nippten nachdenklich an ihren Getränken.

Dann unterbrach Winkler diese Muße. „So, meine liebe Aischa, dann erzählen Sie mal!"

Mit fast akzentfreiem Deutsch fing sie an zu reden. „Also, wo soll ich anfangen? Erst einmal möchte ich klarstellen, dass ich nicht Aischa heiße, sondern Alev -Alev Kaan. Ich bin die Tochter von Acar Kaan, dem Hotelbesitzer, und ich bin auch keine Türkin, sondern Kurdin, besitze aber trotzdem die türkische Staatsbürgerschaft - Sie wissen ja, wir Kurden sind das Volk ohne Land. Ich bin achtundzwanzig Jahre alt und habe Ethnologie und Linguistik studiert und spreche sieben Sprachen, unter anderem Englisch, Deutsch und Arabisch. Als Auslands-Korrespondentin war ich für das türkische Fernsehen in mehreren Ländern tätig. Vor kurzem kam es durch einen tragischen Zwischenfall dann zu einer Umorientierung in meinem Leben.

Mein Bruder, der in Ankara lebte und als Journalist für eine linksliberale Zeitung arbeitete, wurde bei einem Recherche-Auftrag in Syrien von einer Granate getroffen und verlor seine beiden Beine."

Bei diesen Worten wurden Winkler und Grabautzki hellhörig. Beide starrten sich an, denn ihnen wurde klar, dass es sich bei der Leiche aus Grabautzkis Volvo um Alevs Bruder handelt. Aber beide schwiegen lieber und hörten ihr weiter zu.

„Nach dieser Tragödie wollten mein Bruder und ich uns nur noch pazifistischen Aufgaben widmen. Vor allem wollten wir den illegalen Waffenhandel in Krisen-Gebieten bekämpfen.

Nach der Genesung meines Bruders verließen wir die Türkei und reisten nach England. Dort schlossen wir uns der Organisation 'Control-Arms' an. Es ist eine Kampagne bestehend aus drei nichtstaatlichen Organisationen: Amnesty International, Iansa und Oxfam.

Die Uno-Staaten hatten 2013 auf Drängen dieser Organisation endlich ein weltweites Waffenhandelsabkommen unterzeichnet. Ziel dieses Abkommens ist es, Länder, die sich in einer instabilen politischen Lage befinden, nicht mit Waffen zu beliefern, um kriegerische Handlunge zu verhindern.

Aber aus Profitgier halten sich viele dieser Unterzeichnerstaaten nicht an dieses Waffenembargo und so werden weiterhin Waffen in gefährlich einzustufende Länder, wie Somalia, Kongo oder Uganda geliefert und das sinnlose Morden wird weiter gefördert.

Wir von der Organisation 'Control-Arms' versuchen nun diese illegalen Waffengeschäfte aufzudecken, um sie öffentlich anzuprangern.

Dass unsere Tätigkeit einigen Ländern nicht passt,

kann man sich vorstellen." „Das klingt ja alles ganz lobenswert, was Sie da machen, aber warum hier in Friesland – am Arsch der Welt? Hier gibt es keine Bürgerkriege, und Waffen werden hier auch nicht produziert!", meinte Winkler.

„In Friesland nicht, aber im Land Niedersachsen werden schon Waffen produziert. Und es gibt den Flughafen Hannover, der Ausgangspunkt allen Übels.

Wir besitzen Unterlagen die beweisen, dass Munition und Waffen die aus einer Fabrik in Unterlüß Niedersachsen stammen und in den Kongo geliefert wurden. Dieses Militärgut hat man per Luftfracht von Hannover aus versendet. Es geht bei diesen illegalen Transporten immer auch um viel Geld und die Transportwege verlaufen in einem kompliziert ausgeklügeltem System, um Herkunftsland und Bestimmungsort zu verschleiern. Wer diesem System auf die Schliche kommt, lebt gefährlich!"

Winkler und Grabautzki mussten zugeben, dass sie sich über diese Thematik noch nie Gedanken gemacht hatten. Was waren sie nur für kleine naive Polizisten. Ihr Job bestand daraus, Diebstähle aufzuklären oder vielleicht mal einen Mord, wenn ein eifersüchtiger Ehetrottel seine Frau umbringt.

Den beiden wurde etwas flau im Magen, denn ihnen wurde bewusst, dass sie sich mit diesem Fall auf fremdem Terrain bewegten.

„Und was sind das jetzt für Typen, die hinter uns her

sind?“, wollte Grabautzki wissen. „In erster Linie könnten es die Waffenhändler sein, aber genausogut könnten es Ihre Kollegen vom LKA oder BKA sein. Im schlimmsten Fall der BND, Euer Bundesnachrichtendienst. Denn das Bundesland Niedersachsen und der deutsche Staat haben kein großes Interesse daran, wenn es rauskommt, dass sie das internationale Waffenhandelsabkommen umgehen. Für einige Politiker könnte es das Ende ihrer Kariere bedeuten. Und Ihr werdet sehen, das die drei Leichen aus dem Hotel spurlos verschwinden werden. Sie werden nie Gegenstand einer Ermittlung. Hier ist eine skrupellose Liga am Werk, die uns noch zum Schwitzen bringen wird.“

Die Worte von Alev überzeugten die beiden, denn auch der Tote aus Grabautzkis Auto - Alevs Bruder - war verschwunden.

„Aber was hat Grabautzki mit diesem Fall zu tun, warum stehlen Sie ihm seine Waffe und warum liegt ein Toter in seinem Wagen?“

„OK“, antwortete Alev, „ich erzähl es der Reihe nach. Es ist nichts Persönliches, sondern eine Verkettung unglücklicher Zufälle. Mein Vater Acar Kaan lebt hier in eurer Stadt und besitzt nicht nur das Hotel, sondern auch ein schönes Haus am Westhafen mit Blick aufs Meer. Mein Bruder und ich kamen letzte Woche aus England angereist, um hier noch intensiver zu recherchieren. Bei dieser Gelegenheit wollten wir unseren Vater besuchen.

Anschließend gingen mein Bruder und ich auf Euer Stadtfest. Wir spürten gleich, dass man uns verfolgte und deshalb trennten wir uns. Dann bin ich in diese Kneipe gegangen, Grabautzki stand am Tresen und hat mich gleich angequatscht. Er hat damit rumgeprahlt, dass er Kommissar sei und ich dachte, es kann nicht verkehrt sein, einen Polizisten an seiner Seite zu haben. Kurze Zeit später kam mein Bruder in das Lokal und wollte, dass ich mitkomme.

Du, Grabautzki, hast ihn dann angepöbelt und er hat es vorgezogen, zu gehen. Ich bin geblieben, weil ich es hasse, wenn mein Bruder mir Befehle erteilt - und außerdem war er selbst schon angetrunken.

Danach sind wir zu Dir in Deine Wohnung und Du wolltest mich anbaggern. Aber Du warst so besoffen und bist auf dem Bett eingeschlafen."

Grabautzki schaute bei diesen Worten beschämt auf die Schiffsplanken. Und Winkler überlegte, ob Alev wusste, dass ihr Bruder tot ist. Vorsichtig fragte er: „Wissen Sie, was mit ihrem Bruder passiert ist?"

Alev fing an zu schlucken, und eine Träne lief ihr über die Wange. „Mein Bruder wurde ermordet!

Als ich oben in Grabautzkis Wohnung saß, hörte ich plötzlich unten vor dem Haus Lärm. Ich schaute aus dem Fenster und sah, wie zwei Männer miteinander kämpften. Einer von ihnen war mein Bruder. Er muss mir gefolgt sein, ohne zu ahnen, dass er selbst verfolgt wurde. Der andere Mann jedenfalls überwältigte und fesselte ihn. Mit vorgehaltener Pistole zwang er meinen Bruder, in ein Auto zu steigen. Jetzt weiß ich, dass es Grabautzkis Volvo war. Dann raste er mit ihm davon.

Ich war wie erstarrt und wusste nicht, was ich machen sollte. Alle Versuche Grabautzki zu wecken, schlugen fehl. Also durchsuchte ich Grabautzkis Wohnung, um seine Dienstwaffe zu finden. Ich wollte sie zu meinem eigenen Schutz. Es dauerte eine Weile bis ich sie gefunden hatte. Als ich dann die Wohnung verlassen wollte, sah ich, wie der Volvo wieder vor dem Haus geparkt stand, er sah ziemlich ramponiert aus. Und plötzlich wurde ich von hinten angegriffen, es war der gleiche Kerl, der meinen Bruder mitgenommen hatte. Er versuchte, mich ebenfalls ins Auto zu zerren. Was er nicht gesehen hatte, ich hielt Grabautzkis Waffe in der Hand und bei dem Handgemenge löste sich dann ein Schuss der ihn in den Bauch traf. Er ließ von mir ab und rannte weg.

Als ich meinen Schock überwunden hatte, lief ich zu dem Wagen und sah meinen Bruder darin liegen. Ich löste ihm die Fesseln, aber er war bereits tot.

Danach bin ich nur noch panisch durch die Nacht gelaufen."

Jetzt wurde es den beiden Kriminalisten klar, wer der Tote aus dem Dixi-Klo war.

„Aber warum", fragte Winkler, „ hat man die Leiche auf dem Dixi-Klo nicht auch beseitigt? Wir sind uns jetzt sicher, dass dieser Tote der Mörder ihres Bruders war."

„Na ja, wahrscheinlich war Eure Polizei schneller am Tatort als dieses 'Leichenräum-Kommando'. Aber wenn das LKA den Fall übernimmt, werden auch hier alle Spuren beseitigt."

„Wie wahr, das LKA hat den Fall bereits übernommen", meinte Grabautzki. „Seht Ihr, dann seid Ihr, was die Dienstwaffe betrifft, aus dem Schneider. Wie ich das LKA kenne, lassen sie auch hier alle Spuren im Sand verlaufen. Und ohne Beweismittel gibt es auch keine Anklage!"

„Aber es waren doch schon Journalisten am Tatort!", sagte Winkler. „Das ist vollkommen egal. Die erzählen denen irgendeinen Scheiß, den sie dann veröffentlichen können, ohne eine Ahnung zu haben, worum es wirklich geht. Das ist die gängige Praxis dieser Behörde."

Winkler musste bei diesen Worten an den Chefredakteur der hiesigen Zeitung denken. *Dieser kleine dicke Glatzkopf mit Brille läßt sich doch nicht so einfach hinters Licht führen. Aber was konnte der schlauste Journalist schon machen, wenn dieser mit gezielten Falschinformationen gefüttert wird?*

Jetzt fühlte sich Grabautzki doch verpflichtet, seine Kollegen vom LKA in Schutz zu nehmen.

„Ehrlichgesagt, ich kann mir nicht vorstellen, dass unser LKA und BKA den illegalen Waffenhandel unterstützen und dabei über Leichen gehen. Die verfolgen doch auch diese Verbrecher!“

Das ist richtig, aber ihre Ermittlungsmethoden sind äußerst umstritten, denn wie beim Drogenhandel sind auch bei illegalen Waffengeschäften unzählige V-Männer eingeschleust worden. Und weil diese verdeckten Ermittler nicht enttarnt werden wollen, müssen diese Leute sich auch selber schon Mal an kriminellen Handlungen beteiligen. So manch ein V-Mann ist dabei schon selbst zum Verbrecher geworden.

Und dann gibt es ja noch den BND - den Bundesnachrichtendienst. Diese Typen arbeiten geheim und lassen sich ungern in die Karten schauen. Sie haben ihre Agenten und Spitzel in jeder dieser Behörden sitzen, auch in Führungspositionen, und im Notfall übernehmen sie die Regie und beeinflussen die Ermittlungen.

„Woher wissen Sie das alles?“, fragte Winkler. „Ich komme aus der Türkei und kenne die Methoden des Geheimdienstes, dem MIT. Und glauben Sie mir, hier in Deutschland läuft es ähnlich ab. Sie erinnern sich doch sicher noch an die gute alte DDR? Heute weiß man, dass die Stasi überall ihre Leute positioniert hatte, sogar im Bundeskanzleramt der BRD. Und Euer BND hat von Ihnen gelernt und einen gut funktionierenden Geheimdienst aufgebaut.“

Auch bei dieser Aussage mussten sich die beiden eingestehen, dass Alev Recht haben könnte, denn so naiv waren sie nun doch nicht, um sich das nicht vorzustellen. Aber obwohl die beiden sich in der untersten Liga des Polizeiapparates befanden verspürten sie den Drang, diesem Treiben ein Ende zu setzen. Auch wenn es ein Kampf gegen Windmühlen werden würde.

Kapitel 8 – Die Offensive

„Was weißt Du denn jetzt über diese Waffenhändler, hast Du bestimmte Personen im Visier Deiner Ermittlungen? Wo soll man bei dem ganzen Durcheinander konkret ansetzen?“, wollte Grabautzki wissen.
Alev war gerade im Begriff zu antworten, als Winkler sie unterbrach.

„Verdammt, seht Ihr, da kommt ein Schlauchboot und zwar ziemlich schnell! Grabautzki, holen Sie mir das Fernglas, es liegt auf dem Steuerstand!“

Grabautzki rannte los, holte es und schaute erst einmal selbst durchs Glas.
„Ich sehe zwei Männer, der eine hat ein Sturmgewehr in der Hand!“
„OK, das sind keine Angler!“, betonte Winkler und hetzte in die Kajüte. Kurze Zeit später öffnete sich eine Decksluke und Winkler reichte zwei Schnellfeuergewehre mit der dazugehörigen Munition heraus.

Grabautzki nahm die Gewehre staunend entgegen und meinte nur: „Mann, Winkler, das ist ja kein Kutter, sondern ein Kriegsschiff!“ Der aber winkte nur lapidar ab und meinte: „Ist ein kleines Hobby von mir, seit meiner Pensionierung sammle ich Waffen.“
„Gott sei Dank“, erwiderte Grabautzki, „dass Sie sich nicht fürs Gartenzwergesammeln entschieden haben.“

Jetzt war es Alev, die erstaunt war, mit welch einer Coolness die beiden der drohenden Gefahr ins Auge schauten. Wie zwei erfahrende Söldner fingen sie an ihre Waffen mit Munition zu speisen. Und das, so ruhig und konzentriert, als würden sie sich auf einen längeren Stellungskrieg vorbereiten.

„Alev, gehen Sie unter Deck!“, befahl Winkler. Grabautzki reichte ihr seine Pistole. „Hier, nimm die mit, diesmal mit meiner Erlaubnis“, sagte er lächelnd zu ihr, „man kann ja nie wissen, wie das hier ausgeht!“
Dann verschanzten sich die beiden hinter der Vorderkajüte und stapelten einige Bootsfender vor sich auf als Kugelfang.
„Und wenn das jetzt LKA-Beamte sind? Wir können doch nicht auf unsere Kollegen schießen“, gab Grabautzki zu bedenken.
„Ehrlich gesagt, Grabautzki, wenn die auf uns schießen, scheiß ich was auf den Kollegen-Status! Also warten wir auf die Dinge, die da kommen.“ Das

Schlauchboot kam angerast und etwa 150 Meter vor ihrem Kutter, der auf der Sandbank lag, stoppte es. Sie konnten sehen, wie der Typ am Steuer mit einem Fernglas zu ihnen rüberschaute.

Mit einem normalen Boot hätten es diese Kerle nicht geschafft, so nah an ihr Schiff heranzukommen. Von ihrem Schlauchboot aus konnten sie bequem über den festen Schlickboden zu ihnen herüberlaufen.

Was aber für ihre Besucher äußerst unüberlegt wäre, denn es gab keine Deckungsmöglichkeiten für sie, und sie konnten auch nicht ahnen, dass sie bei einem Angriff ihrerseits unter schweres Gegenfeuer geraten könnten.

Um zu verhindern, dass diese Typen zu nah an ihren Kutter kamen, entschied sich Winkler, seine Deckung zu verlassen und trat ohne Waffe an die Reling.

Mit gespielter Naivität rief er zu ihnen rüber: „Hey, Jungs, seid Ihr vom Kurs abgekommen?“

Auf die Antwort brauchte er nicht lang zu warten. Ohne zu zögern fing der Mann mit dem Sturmgewehr an auf ihn zu schießen.

Obwohl Winkler aufgrund seiner Körperfülle nicht gerade ein Sportler zu sein schien, rollte er sich gekonnt über das Vorderdeck ab und suchte neben Grabautzki Schutz.

Grabautzki wollte das Feuer sofort erwidern, aber

Winkler legte seine Hand auf Grabautzkis Gewehrlauf und flüsterte: „Warten Sie, wenn die blöd sind, und glauben Sie mir, die sind blöd, werden die ihr Boot verlassen - und dann Gnade ihnen Gott!“

Winklers hellseherischen Fähigkeiten waren beeindruckend, die beiden Trottel kletterten tatsächlich aus ihrem Boot und wollten sich an die Razzle-Dazzle heranschleichen.

Grabautzki und Winkler schauten sich kopfschüttelnd an und als hätten sich die beiden abgesprochen, gaben sie jeweils nur einen gezielten Schuss ab. Die Körper der zwei Aggressoren klappten zusammen und lagen tot im Schlick.

„Shit happens“, sagte Winkler, „das haben sie nun davon!“ Grabautzki richtete sich auf und stützte sich lässig auf sein Gewehr. Er sah aus, und vielleicht fühlte er sich auch so, wie Winnetou in einem dieser billigen Westernfilme.

„OK“, sagte er, „auf das berühmte Leichenräum-Kommando brauchen wir hier nicht zu warten, das erledigt die nächste Flut.“ Und Winkler konterte nicht minder lässig: „Well, darauf lassen Sie uns einen Drink nehmen!“ Und so begaben sie sich unter Deck, um den Belohnungs-Schluck vorzubereiten.

Alev beobachtete die beiden und sagte: „Mann, was seid Ihr für abgewichste Typen!“ Trotz der euphorischen Gelassenheit, entschieden sie sich, den Drink lieber an Deck zu konsumieren. Man konnte ja nicht wissen, ob es noch mehr ungebetene Gäste geben würde.

Dann fragte Winkler: „Habt Ihr Lust auf eine kleine Grillparty? Ich hab noch Bratwürste und Nackensteaks an Bord!"

Es gab keine Widerworte, und kurze Zeit später bruzzelte das aus dem Supermarkt stammende Grillgut auf der heißen Kohle. Sie saßen um den Grill wie Pfadfinder am Lagerfeuer und schauten sich dabei den nahenden Sonnenuntergang an.

Das Party-Ambiente wäre fast perfekt gewesen, wenn nicht diese beiden Leichen noch immer im Schlick liegen würden. Nach dem vierten Glas Rum kam Grabautzki auf eine Idee und sagte: „Vieleicht sollten wir die beiden da unten im Matsch noch Mal kurz durchsuchen, bevor sie Neptun holt?"

„Garnich´ soo doof!", lallte Winkler, der schon bei seinem fünfte Glas Rum angekommen war.

Alev, die zwar mittrank, aber aufgrund ihres muslimischen Glaubens auf das Bruzzelfleisch verzichtete, machte sich langsam Sorgen darüber, ob ihre beiden Lebensretter noch einmal in der Lage sind, eine Situation wie diese so souverän zu meistern.

Winkler holte eine Strickleiter und befestigte sie an

der Bordwand und Grabautzki kletterte an ihr herunter. Er stand schon knöcheltief im Wasser. „Was machen wir mit dem Schlauchboot?“, wollte er wissen.

„Überlassen wir den Gezeiten, aber nehmen Sie den beiden die Waffen ab, vielleicht können wir sie noch gebrauchen!“, meinte Winkler.

Der Fußmarsch durch das Watt gestaltete sich schwieriger als er dachte. Die toten Körper hatten durch das auflaufende Wasser kaum noch Grundkontakt. Sie bewegten sich durch den leichten Wellengang grotesk hin und her. Die Gewehre konnte er nicht mehr sehen, so dass er mit den Händen den Schlickboden abtasten musste.

Die zwei Leichen lagen mit dem Gesicht unter Wasser. Ihm fiel auf, dass sie teure goldene Chronographen trugen.

Nach dem er die Waffen geborgen hatte, nahm er ihnen noch schnell die Uhren ab, denn er war sich sicher, dass diese Herren sich mittlerweile in einer anderen Zeitebene befanden und keine Uhren mehr benötigen.

Kurze Zeit später war er mit seiner Beute wieder zurück an Bord. „Und, was Besonderes entdeckt?“, wollte Winkler wissen.

„Hhm“, meinte Grabautzki, „sie trugen beide armeeähnliche Klamotten und hatten schwarze Haare. Ihre Gesichter hab ich nicht gesehen. Aber sie besaßen diese goldenen Uhren!“ Winkler nahm sie entgegen und betrachtete sie prüfend. Dann sagte er: „OK, Palästinenser waren es nicht gewesen, das hier sind Junghans Uhren.“ „Häh, wieso das?“, fragte Grabautzki. „Na ja“, meinte Winkler, „Junghans-Uhren haben ein davidsternähnliches Logo auf ihrem Zifferblatt. Dieser Stern hat zwar acht Zacken, aber in dem Stern steht der Buchstabe `J´.

Sie erinnern sich vielleicht noch an die Entführung der Lufthansa-Maschine `Landshut´ 1977?

Die palästinensischen Entführer erschossen damals den Flugkapitän Schumann. Seine Junghans-Uhr ist ihm zum Verhängnis geworden. Sie hielten ihn aufgrund des Sternlogos auf der Uhr für einen Juden oder jüdischen Sympathisanten.

Und ich glaube, dass sich auch heute noch keine Person im Nahen Osten freiwillig mit so einer Uhr schmückt, es sei denn, sie will für einen Freund Israels gehalten werden.“ „Wollen Sie damit sagen, dass diese Kerle Israelis gewesen sind?“

Natürlich nicht, das wäre dann doch etwas zu klischeehaft. Ich sage nur was sie nicht waren: Palästinenser!“

Auf einmal mischte sich Alev ein: „Hört mal, Ihr beiden, ich bin dankbar, dass Ihr mir das Leben gerettet habt, aber irgendwie habe ich das Gefühl, ich entferne mich immer mehr von meiner eigentlichen Mission.

Ihr habt innerhalb eines Tages schon vier Menschen

erschossen, obwohl ich das sinnlose Morden eigentlich verhindern will. Ich weiß, dass es sich in diesen Fällen um Notwehr gehandelt hat, aber trotzdem möchte ich Euch bitten, solltet Ihr mich weiterhin unterstützen, etwas besonnener und kriminalistischer vorzugehen. Wir müssen das Übel an der Wurzel packen und zurück zu den Zielen meiner Organisation kommen, nämlich einem skrupellosen Waffenhändler das Handwerk zu legen.

Glaubt mir, es hat eine größere Symbolkraft, diese Verbrecher vor ein ordentliches Gericht zu stellen, als sie einfach nur zu liquidieren. Diese Menschen müssen merken, dass ihr unmoralisches von Profitgier getriebenes Handeln von der zivilisierten Welt verachtet und geahndet wird."

Nachdenklich blickten die beiden auf das wiederkehrende Meer. Dann klatschte Winkler in die Hände und sagte: „Gut gesprochen, aber dann müssen Sie uns auch detailliert in die Praxis dieser Waffenhändler einweihen damit wir wissen, wie und wo wir strategisch ansetzen müssen!

Bei dieser Gelegenheit möchte ich auch gerne wissen, warum Sie eigentlich in dieser Flüchtlingsunterkunft gearbeitet haben?"

„Das, Herr Winkler, kann ich Ihnen sofort beantworten! Wie Sie ja wissen, gehört meinem Vater dieses Hotel, welches er selbstlos in eine Flüchtlingsunterkunft umgewandelt hat. Für meinen Bruder und mich war es eine moralische Verpflichtung, dort ehrenamtlich zu arbeiten.

Wir sind ja nicht als Touristen hier nach Friesland gekommen. Auch wenn Ihr Europäer gerne wegschaut, was den illegalen Waffenhandel betrifft, werdet Ihr mit den Folgen eurer Ignoranz konfrontiert.

Nämlich mit einem nicht abreißenden Strom von Flüchtlingen aus den krisengeschüttelten Ländern dieser Welt. Also: Steht dazu und helft auch ihr diesen Menschen!“

Dieses Memorandum von Alev hatte gesessen, so dass Winkler nur noch kleinlaut antwortete: „Gut, wir haben verstanden, aber dann klären Sie uns auf!“

Kapitel 9 – Handelsbeziehung

„Ersteinmal muss ich dazu sagen“, fing Alev an zu erklären, „dieser Mann, dem wir versuchen das Handwerk zu legen, ist natürlich nicht der einzige Waffenhändler auf dieser Welt, aber einer der erfolgreichsten! Übrigens werden diese Waffenhändler auch als War-Lords bezeichnet.

Unser Mann heißt Pedro Castello und stammt aus Spanien. Er ist zweiundsechzig Jahre alt und hat sein erstes Vermögen als Immobilienhändler in seinem Land gemacht.

Dann witterte er aber eine größere Einnahmequelle und stieg ins Transportgeschäft ein.

Er charterte vom libanesischen Militär drei alte Transportflugzeuge und vercharterte sie für das dreifache Geld weiter an Firmen, die Luftfracht versenden.

Anfangs waren es handelsübliche Waren, die er für diese Firmen transportierte, aber dann erkannte er schnell, dass man mit illegalem Waffentransport das

Sechsfache verdienen konnte. Er musste nur noch einen Weg finden, wie er die international geltenden Gesetze für Im- und Export von Waffen umgeht. Das Waffenhandelsabkommen der UN war für seine Geschäfte nur förderlich. Es haben zwar 127 Länder dieses Abkommen unterzeichnet, aber es gibt noch genügend andere Länder, die darauf pfeifen. Allen voran, die USA.

Weil die Transportwege nun komplizierter wurden, stieg natürlich auch der Transportpreis.

Ich nenne nur Mal ein Beispiel, wie so ein Geschäft abläuft, wenn Pedro Castello den Transportauftrag übernimmt.

Wenn der afrikanische Staat Liberia Waffen aus deutscher Produktion haben möchte, darf Deutschland aufgrund des Waffenembargos diese nicht ausliefern.

Also bittet Liberia sein Nachbarland Sierra Leone darum, die benötigten Waffen zu bestellen.

Natürlich für viel Geld! Nun können Castellos Flugzeuge ganz legal diese Waffen nach Sierra Leone fliegen.

Nur, dass sie dort nicht ausgeladen werden, sondern mit neuen Frachtbriefen, diesmal ausgestellt von dem Staat Sierra Leone, weitergeflogen werden nach Liberia.

Das ganze Waffenhandelsabkommen ist für die Katz,

solang sich nicht alle zivilisierten Staaten daran beteiligen. Pedro Castello besitzt mittlerweile 165 Flugzeuge weltweit.

Um alles noch zu verwirren, hat sein Charterunternehmen mehrere Tochtergesellschaften.

Sie alle tragen klangvolle Namen wie zum Beispiel `SEVEN-HEAVEN-FLY´ in England oder `SIEBEN-WOLKEN-FLIEGER´ in Deutschland.

Dabei ist der deutsche Firmenname schon fast verräterisch. Sie kennen doch sicher das Lied der alten DDR-Popband `Karat´, die sang damals, `Über sieben Brücken sollst du gehen´.

Es kommt nämlich schon mal vor, dass ein Flugzeug um den halben Globus fliegen muss, um seinen illegalen Bestimmungsort zu erreichen, obwohl dieser nur sechs Flugstunden entfernt liegt.

Aber je mehr Länder dieses Flugzeug auf dem Weg zu seinem Zielort ansteuert, umso schwieriger wird es, dem Herrn Castello etwas nachzuweisen.

Ich besitze aber Fotos. Sie zeigen eine Waffenladung deutscher Maschinengewehre in dem Frachtraum eines Flugzeuges, das der Firma SIEBEN-WOLKEN-FLIEGER gehört. Sogar die Seriennummern der Waffen sind zuerkennen.

Monate später konnten Mitarbeiter von Amnesty International genau diese Waffen anhand der Seriennummern wiederentdecken. Und zwar bei einer für ihre Gräueltaten bekannten Miliz im Kongo. Diese Waffen stammen alle aus der Waffenschmiede der Firma `SPEZIAL WAPON´ in Niedersachen. Als mein Bruder und ich die Firma mit diesen Fakten konfrontieren wollten, hat man uns eine Stellungnahme verweigert. Stattdessen sitze ich, sieben Tote später, hier auf der Sandbank!"

Ratlos schauten Winkler und Grabautzki die kleine türkische Kurdin an. Beide dachten wohl das gleiche, aber Grabautzki ergriff das Wort: „Scheiße, aber wie können wir beiden Dorftrottel Dir behilflich sein.

Die Sache ist doch wohl'ne Nummer zu groß für uns?"

Kopfschüttelnd musste Alev zugeben: „Ehrlich gesagt, das weiß ich auch nicht!"

„Kommt Zeit, kommt Drink!", meinte Winkler und füllte die drei Gläser wieder mit Rum.

Mittlerweile hatte sich auch Alev an den Alkoholkonsum ihrer Begleiter gewöhnt und lächelte nur mild.

Winkler hatte in der Zwischenzeit den Anker geworfen, denn die Razzle-Dazzle schwamm wieder.

Die Sonne verschwand am Horizont und es wurde dunkel. Vereinzelte Lichter, die man auf dem Festland sah, verschwanden aus dem Blickwinkel. Die Strömung des auflaufenden Wassers hatte das Schiff wie den Zeiger einer Uhr langsam um 180 Grad gedreht. Der Schiffsbug zeigte nun auf die offene See und ein dunkelgraues Nichts machte sich vor ihren Augen breit. Himmel und Meer verschwammen zu einer homogenen Masse. Die See war still, nur das Knarren der Ankerkette und ein leises Plätschern am Schiffsrumpf konnte man hören.

Grabautzki erhob sich und nahm den Grill mit der erloschenen Holzkohle. Er kippte sie über Bord.
Als die Kohle auf der Wasseroberfläche aufschlug, erzeugte sie ein grelles grünes Licht.

Als Alev das sah, erschrak sie. „Was war das?“, wollte sie wissen. „Ach, das sind Phosphor-Algen!“, meinte Winkler, „waren Sie noch nie Nachts im Meer schwimmen? In den Sommermonaten bilden sich auf der Nordsee diese Algen. Wenn man sie in Schwingung versetzt, leuchten sie phosphorgrün, wie die Leuchtziffern einer Uhr.“
Daraufhin sagte Grabautzki zu Alev: „Komm, lass uns schwimmen gehen!“
„Bist Du verrückt? Ich gehe doch nicht baden, wenn dort zwei Leichen vor sich hintreiben!“
„Blödsinn“, meinte Grabautzki, „Du weißt doch, tote Fische schwimmen mit dem Strom! Die beiden sind schon längst zu ihrer letzten Reise aufgebrochen, also

komm schon!“ Grabautzki zog sich aus und nach kurzem Zögern tat Alev es ihm gleich. Sie war zwar Muslima, aber durch ihre Bildung und beruflichen Tätigkeit weltoffen und verspürte auch keine Scham, sich vor Männern nackt zu zeigen.

Winkler hatte damit schon mehr Probleme und zog es vor, auf das Badevergnügen zu verzichten.

Übermütig wie Kinder, sprangen beide über Bord. Als ihre Körper ins dunkle Wasser eintauchten, erzeugten sie ein explosionsartiges Leuchten.

Jede Schwimmbewegung die sie vollzogen, wurde begleitet von diesem faszinierenden Naturschauspiel. Sie konnten sich daran kaum satt sehen.

Eine halbe Stunde später kamen sie leicht unterkühlt aber glücklich wieder an Bord zurück, als hätte diese Badeaktion ihre Seelen gereinigt. Nachdem sich die beiden wieder angekleidet hatten, drehte Grabautzki zwei Zigaretten und sie setzten sich nebeneinander auf das vordere Kajütendach.

Der Qualm ihrer Zigaretten stieg auf in den sternenklaren Himmel und verband sich zu einer kleinen Wolke, die langsam davon schwebte.

Winkler blieb das andächtige Verhalten der beiden nicht verborgen und unterbrach die romantische Szene. „Also, ich würde sagen, Ihr geht jetzt schlafen. Ich übernehme die erste Ankerwache.“ Ironisch fügte er hinzu: „Ach ja, ich habe nur drei Kojen an Bord und die Große davon gehört mir!"

Ohne darauf zu antworten legten sich die Zwei, nach dem Genuss ihrer Zigaretten, wortlos schlafen. Natürlich jeder in seiner eigenen Koje.

Nun saß Winkler allein auf Deck, genoss die Stille und trank in Ruhe die Flasche Rum leer. Seine Augen wurden langsam schwer, er träumte von Trixis Brüsten und schlief ein, ohne eine weitere Ankerwache einzuteilen.

Erst am frühen Morgen weckte das Geschrei einer auf dem Mast sitzenden Möwe Winkler aus dem Tiefschlaf. Blinzelnd schaute er in die Sonne, die gerade dabei war, aus der Deckung des Horizonts hervorzukriechen. Sie erzeugte einen gleißenden Lichtstrahl auf dem vom Wasser wieder freigelegten Wattboden. Es war mittlerweile wieder Ebbe.

Er ging runter in die Kajüte, kochte Kaffee und weckte seine beiden Passagiere.

Kurze Zeit später waren alle wieder an Deck. Die morgendliche Sonne und der Kaffee hauchten wieder Leben in ihre Körper. Sie machten alle einen ausgeschlafenen und wachen Eindruck.

Alev schaute sich suchend um, und tatsächlich, die Flut hatte die Spuren des gestrigen Tötens beseitigt, sogar das Schlauchboot war verschwunden.

Winkler bemerkte das und sagte: „Tja meine Liebe,

so ist das, egal was wir Menschen auch anstellen, zum Schluss übernimmt die Natur wieder die Regie. Wir sollten unseren Aufenthalt auf diesem Planeten deshalb nicht zu wichtig nehmen. Aber viele Menschen können das nicht akzeptieren und klammern sich verzweifelt an irgendwelche Religionen, die ihnen ein ewiges Leben versprechen. Wohlgemerkt nur versprechen! Ob sie das einhalten, ist nicht bewiesen!"

Obwohl Alev gläubige Muslima war, kamen ihr bei Winklers Worten zum ersten Mal Zweifel und sie fragte sich, ob eine Welt ohne Religion vielleicht besser wäre. Denn was haben diese Religionen denn schon gebracht? Seit Jahrtausenden bringen sich die Menschen in deren Namen um! Und wenn es tatsächlich nur einen Gott gibt, ist das Verhalten der Menschen noch paradoxer.

In diesem Zusammenhang fiel ihr eine alte Anekdote ihres Vaters ein. Als sie noch ein Kind war, sagte er zu ihr: „Es gab einmal einen Fürsten und einen Kardinal, sie saßen zusammen an einer reich gedeckten Tafel. Da sagte der Fürst: Hör zu mein Freund, wenn wir weiterhin so ein schönes Leben führen wollen, hältst du das Volk dumm mit deinen Predigten und ich halte sie arm durch meinen Steuern!"

Und ihr wurde klar, dass es auch heute noch so funktioniert. Wenn sich religiöse Macht mit politischer

Macht zusammenschließen, ist Gefahr im Verzug! Deshalb müssen Staat und Kirche immer voneinander getrennt bleiben. Ein Zusammenschluss dieser beiden Institutionen führt immer zu einem unüberschaubaren Machtmissbrauch!

Was die Religion betrifft, wird sich allerdings so schnell nichts ändern. Der Mensch will weiterhin an Gott, Allah, Teufel, Engel oder was sonst noch glauben. Er bleibt ein spirituelles Wesen, das ohne Glauben nicht leben kann.

Und es wird immer skrupellose Menschen geben, die versuchen werden, die Naivität dieser Gläubigen für ihre eigenen Interessen zu nutzen. Im schlimmsten Fall erfinden sie Religionen wie zum Beispiel `Scientology`.

Winkler meldete sich wieder zu Wort und riss Alev aus ihrer Lethargie: „Also meine Lieben, wie Ihr feststellen könnt, haben wir wieder Ebbe. Wir werden hier noch zweieinhalb Stunden auf der Sandbank festliegen bis die Flut kommt.

Bis dahin sollten wir einen Plan über unser weiteres Vorgehen schmieden. Wir können uns nicht ewig auf dem Meer aufhalten. A – geht der Rum zur Neige, und B – habe ich keine Lust, mich vor irgendwelchen Auftragskillern zu verstecken! Wir müssen die Flucht nach vorne antreten und diesem verbrecherischen Treiben ein Ende setzen!“

„Gut gebrüllt, Löwe. Die Frage ist aber doch – wie?“, meinte Grabautzki.

„Tja“, sagte Alev, „das Problem ist und bleibt Pedro Castello. Sobald eine Person seine Existenz bedroht, greift sein weitgestricktes Netz von Handlangern und Sympathisanten. Diese Person wird dann durch Erpressung, Bestechung oder Mord ausgeschaltet!

LKA und BKA haben vielleicht auch einen Plan, diesen Mann dingfest zu machen, aber leider weihen sie uns in ihre Pläne nicht ein, weil keiner dem anderen traut.

Und so effektiv scheint das Vorgehen unsere obersten Polizeibehörden auch nicht zu sein, sonst hätte man ihn schon längst aus dem Verkehr gezogen. Statt dessen sind sie damit beschäftigt, die Verbrechen von Castellos Bande zu vertuschen, damit ihre eingeschleusten V-Leute nicht enttarnt werden.“

„Wo hält sich dieser Castello eigentlich auf?“, wollte Grabautzki wissen. „Zurzeit residiert er in einem Luxushotel in Alexandria, das hat unsere Organisation recherchiert.“

„Warum fliegen wir dort nicht hin und legen diesen Bastard um?“, fluchte Grabautzki. „Mann, Grabautzki, hörst Du mir nicht zu, ich habe gesagt liquidieren ist keine Lösung. Und außerdem sind wir keine Mörder!“

„Aber vielleicht können wir ihm eine Falle stellen, um ihn vor Gericht zu bringen!“, überlegte Winkler.

„Schon besser,“ meinte Alev, „und zwar müsste es eine Straftat sein, die nur indirekt etwas mit dem Waffenhandel zu tun hat, aber gravierend genug ist, um ihn für lange Zeit hinter Gitter zu bringen!“

„Was gibt es denn Schlimmeres als Mord, dafür müsste er doch schon hundertmal Lebenslänglich bekommen?“, meinte Grabautzki.

„Das schon, aber man konnte ihm bis jetzt noch keinen Mord nachweisen weil es keine Zeugen für irgendwelche Mordaufträge gibt. Er selbst macht sich die Hände nicht schmutzig!“

„Mit anderen Worten,“ so Winkler, „müssen wir diesem Pedro einen offiziellen Mordauftrag entlocken und ihn bezeugen können.“

„Das wäre der Idealfall, aber ich glaube nicht, dass wir so nah an ihn herankommen, um ihn in ein Gespräch zu verwickeln. Seine Bodyguards sind besser als die eines US Präsidenten!“

Nach diesen Worten, machte sich ein großes Schweigen breit. Alle drei Protagonisten fielen gleichzeitig in einen Nachdenkmodus. Nur diese verdammte Möwe auf der Mastspitze krächzte vor sich hin.

Kapitel 10 – Der Aufbruch

Das Dasein dieser Möwe war damit erfüllt, einfach nur dazusitzen um darauf zu warten, dass irgendetwas fressbares auf den Decksboden fiel.

Grabautzki schaute zu ihr nach oben und dachte sich: *Warum kann ich nicht auch einfach so eine Möwe sein, sie geht nicht in Gotteshäuser zum Beten und führt auch keine Kriege. Dafür ist sie frei, kann fliegen und braucht nur zu fressen und zu ficken!*

Diese Gedankengänge kamen Grabautzkis Naturell ziemlich nah, wenn da nicht sein kriminalistischer Trieb wäre. Und so kam es, dass er fragte: „Sag mal, Alev, kann es sein, dass diese Typen hinter den Beweismitteln her sind mit denen Ihr diese niedersächsische Waffenfirma konfrontieren wolltet?"

„Das mag schon sein, aber wäre völlig sinnlos! Es gibt haufenweise Kopien von diesen Unterlagen die selbstverständlich auch bei unserer Organisation in England vorliegen. Ich denke, sie wollen uns einfach nur ausschalten weil wir ihnen lästig sind." „Inwiefern ist Ihr Vater eigentlich in Eure Aktivitäten eingeweiht?", wollt Winkler wissen. „Mein Vater weiß nur, dass wir für Control Arms arbeiten, was wir dort genau machen, davon hat er keine Ahnung. Warum fragen Sie?"

„Na ja", meinte Winkler, „es mag ja sein, dass Ihr Vater über Eure Kampagne nicht im Bilde ist, aber wissen das unsere Verfolger auch? Wer sagt denn, dass sie Ihren Vater prophylaktisch nicht gleich mit umbringen?"

Alev konnte man wirklich nicht als naiv bezeichnen, aber der Gedanke, dass ihr Vater zur Zielscheibe dieser Verbrecher werden würde, ist ihr noch gar nicht in den Sinn gekommen. Die Worte Winklers ließ sie kreideweiß werden.

„Bei Allah, daran habe ich noch gar nicht gedacht! Nicht auszudenken, wenn sie meinen Vater auch noch töten, um nichts und wieder nichts! Wir müssen sofort zu ihm!"

„Ja, das sollten wir, aber noch hängen wir hier auf der Sandbank fest", gab Winkler zu verstehen.

„Dann müssen wir ihn anrufen!" schrie Alev.

„Geht nicht, wir haben hier draußen kein Netzempfang", meinte Grabautzki.

Schiere Verzweiflung machte sich in ihr breit und Grabautzki nahm sie tröstend in den Arm. „Beruhige Dich, Alev, das muss ja nicht so sein. Sobald wir wieder Wasser unterm Kiel haben brechen wir auf und fahren direkt zum Westhafen."

Dann schaute er kopfschüttelnd Winkler an und zischte: „Mann, Winkler, warum erzählen Sie ihr auch son Scheiß!"

„Lass ihn", schluchzte Alev, „er hat ja Recht, diese Kerle sind zu Allem fähig. Ein Toter mehr spielt bei denen keine Rolle!"

Winkler fluchte: „Das ist ja ein Kampf gegen die Hydra! Fünf von diesen Typen haben wir schon umgelegt, wie viele von denen werden denn noch kommen? Es muss doch noch einen anderen Grund geben, warum die uns so aggressiv verfolgen? Waffenhandel hin oder her, aber die können doch nicht jeden, der sich mit diesem Klientel kritisch beschäftigt, umbringen!"

„Doch das können die", sagte Alev, „die Interessen an diesem Waffenhandel sind einfach zu groß und wichtig, dass man sich von irgendwelchen Querulanten in die Suppe spucken lässt.

Nehmen wir zum Beispiel die deutsche Bundesregierung, dort sind zwar die vom Volk gewählten Vertreter tätig, aber wenn es um internationalen Waffenhandel geht, werden die Abgeordneten aus allen Fraktionen ausgeblendet und es tritt eine Art Geheimzirkel zusammen, der sogenannte `Bundessicherheitsrat´. Dieser Sicherheitsrat tagt geheim und besteht aus neun Personen. Bundeskanzler, Außenminister, Wirtschaftsminister, Verteidigungsminister, Innenminister, Finanzminister, Justizminister, Entwicklungsminister und dem Chef des Kanzleramtes.

Nur dieser elitäre Kreis von Politikern entscheidet über die Waffenexporte, weil sie von höchstem nationalem Interesse sind. Es geht hier nicht nur um Arbeitsplätze, sondern auch um vorteilhafte Handelsbeziehungen zu Rohstoff fördernden Staaten.

Und nur weil diese Länder Kohle, Gas und Öl besitzen, müssen die Regierungen dieser Länder noch lange keine guten sein.

So kommt es, dass man schon Mal beide Augen zudrückt, wenn es um Waffenexporte in einen Schurkenstaat geht, wo die Menschenrechte mit Füßen getreten werden.

Deshalb sind diese Tagungen auch geheim. Es geht ja schließlich um das Wohl des eigenen Volkes!

Nur mit Legalität hat das nichts mehr zu tun. Sollte es nur einer wagen, die geheimen Protokolle des Sicherheitsrates zu verraten, bekommt er die Macht des Staates zu spüren und es tritt der Verfassungsschutz oder der BND auf den Plan.

Ich will damit sagen, es sind nicht nur die skrupellosen War-Lords, die es hassen, wenn man ihnen in die Karten schaut. Auch die waffenproduzierenden Staaten mögen das nicht. Und weil es sich bei diesen Geschäften nicht um Äpfel und Birnen handelt, sondern um Waffen, wundert es nicht, wenn man diese auch zweckgebunden anwendet. Nämlich zum Töten!“

Nach den Worten von Alev fing Grabautzkis Weltbild langsam an zu bröckeln. Ihm wurde klar, sobald es um höhere Interessen ging, war das Leben des Einzelnen vollkommen egal. Wer sich dem Staatsbegehren in den Weg stellte, konnte schnell seinen Kopf verlieren und als Kollateralschaden zu den Akten gelegt werden.

Sein naives Vertrauen in seine obersten Vorgesetzten verblasste immer mehr. Dabei fiel ihm ein, dass er heute Dienst hatte.

„Verdammt, ich hätte schon vor einer Stunde auf der Dienststelle sein müssen!“, fluchte er.

„Ruhig Blut“, meinte Winkler, „sobald wir aus dem Funkloch raus sind, rufen Sie dort an und melden sich krank. Ich glaube, der alte Töpfer hat eh' keinen Bock auf Sie. Er würde Sie wahrscheinlich nur mit Schikane-Aufträgen belästigen. Wir müssen aber nun mal Prioritäten setzen, denn es gibt Wichtigeres als diesen scheiß Dienst anzutreten!“

Winklers Worte beruhigten Grabautzki wieder und seine schnöselige Art gewann wieder Oberhand. Er meinte nur: „Ist aber auch zu dumm, dass es auf Ihrem Fischkutter kein Netz gibt!“

Alev musste sich schmunzelnd eingestehen, dass sie

diesen Grabautzki irgendwie mochte. Sie liebte seine unkonventionelle Art, seine Frechheit und seinen ausgeprägten Gerechtigkeitssinn. Alle drei saßen nun auf dem Vorderdeck und dachten nach. Sie trieben eine Weile ihre Gedanken vor sich her und bemerkten nicht, dass ihr Schiff auch zu treiben begann.

Die Razzle-Dazzle zerrte an der Ankerkette und fing an, sich mit der Strömung zu drehen. Sie hatte wieder Wasser unterm Kiel.

Winkler rief: „Auf zu neuen Taten, auf zum Westhafen. Grabautzki, holen Sie den Anker ein!"

Winkler schmiss den Motor an und Alev begann nervös an ihrem Handy zu nesteln.

Das auflaufende Wasser und der alte Dieselmotor sorgten für ein zügiges Vorankommen. Es dauerte nicht lange, und man sah die mächtigen Ladekräne des Tiefwasserhafens. Sie reckten sich ihnen wie hungrige urzeitliche Saurier über die Kaimauer entgegen.

Sie fuhren an einem riesigen Containerschiff vorbei. Es schien chinesischer Herkunft zu sein. Die Razzle-Dazzle, sollte sie eine Seele haben, würde vor Ehrfurcht erstarren. Vor dieser Kulisse wirkte sie wie eine ins Wasser geworfene Pistazienschale.

Dann endlich erweckte auch ein Funkmast die mitgeführten Handys wieder zum Leben.

Grabautzki erledigte sein Telefonat mit gewohnter

Lässigkeit. Mit gespielt heiserer Stimme meldete er sich dienstunfähig. Aber er versäumte es nicht, bei der Gelegenheit zu fragen, ob etwas Besonderes vorgefallen sei. Sein Kollege Feldhusen teilte ihm mit, dass außer dem Toten im Klo noch eine Vermisstenmeldung eingegangen sei. Der arbeitslose Rudi ist offensichtlich beim Angeln am Osthafen ertrunken, man hat nur noch seine Anglerausrüstung gefunden.

Auch Alev versuchte verzweifelt eine Verbindung herzustellen, doch ihr Vater ging nicht ans Telefon.

„Keine Angst“, meinte Winkler, „vielleicht ist er nur einkaufen oder so!“ Aber die Worte Winklers konnten sie nicht beruhigen, sie wurde panisch.

Auch Grabautzki wurde jetzt unruhig und begann, seine Dienstwaffe auf deren Funktion zu überprüfen.

Die sonst so schöne Fahrt über den Jadebusen, wurde nun von der Angst vor dem Ungewissen überschattet. Was würde sie am Westhafen erwarten, ein weiteres Blutbad? Aber es half nichts, sie mussten Geduld haben und so würdigten sie auch den malerisch emporragenden Leuchtturm keines Blickes.

Dann endlich befanden sie sich in der von Pricken gekennzeichneten Fahrrinne, die zum Westhafen führt.

Schon von weitem konnten sie das alte, aus Ziegelsteinen gemauerte Kurhaus erkennen, welches wie eine Festung über einer hohen roten Steinmauer thronte, die ebenfalls aus Ziegelsteinen bestand. Das Besondere am Westhafen war, dass das zugehörige Dorf auf einem natürlichen Geestrücken ruhte und somit weitgehend auf den Schutz eines Deiches verzichten konnte.

Alev zeigte mit dem Finger auf ein altes Bauernhaus, das ebenfalls hoch oben auf dem Geestrücken stand. „Seht ihr? Dort wohnt mein Vater!“

„OK“, sagte Winkler, „wir suchen uns erst einmal einen freien Anlegeplatz und dann sollten wir uns alle prophylaktisch bewaffnen, man weiß ja nie, ich lasse mich jedenfalls nicht abknallen wie ein Kaniggel!“

Und so kramte Winkler noch zwei Pistolen aus dem innersten der Razzle-Dazzle. Eine davon gab er Alev, die das Ding angewidert in ihrer Umhängetasche verschwinden ließ.

Das Anlegemanöver wurde von zahlreichen Touristen begleitet, die auf der Kaimauer standen, um die Ankunft der scheinbar romantischen Seefahrer fotografisch festzuhalten. Nur schade, das die von Sorgen gequälten Gesichter der drei Ankömmlinge wahrscheinlich jedes Foto versauten.

Unbeeindruckt von diesem Fotoshooting kletterten sie über eine Leiter an Land, drängten sich durch die Menge der schaulustigen Touris und begaben sich auf direktem Weg zu Alevs Elternhaus.

Dort angekommen, blieben sie vor dem Gartentor stehen. Das alte Bauernhaus stand auf einem Grundstück, welches einer grünen Wiese glich, auf der wilder dunkelroter Mohn wuchs. Einen Rasenmäher schien dieser friesisch-orientalische Garten nicht zu kennen. Das Haus selbst wurde durch zwei große Weidenbäume eingerahmt. Ein einfacher Schotterweg führte zur Eingangstür. Neben dem Haus befand sich ein modernes eher hässliches Carport, in dem kein Auto stand.

„Sehen Sie", sagte Winkler, „Ihr Vater ist wahrscheinlich einkaufen gefahren!" Diese Erklärung überzeugte Alev nicht und sie griff instinktiv an ihre Umhängetasche in der sich die Pistole befand. Auch Grabautzki konnte sich mit Winklers Interpretation der Lage nicht nicht anfreunden und entsicherte seine Waffe.

Winkler bemerkte die Anspannung seiner Begleiter und meinte nur: „Ruhig, Kinder, nun dreht Mal nicht gleich durch, sieht doch alles ganz friedlich aus!"

Was Alev und Grabautzki nicht wussten, auch ihm war die Lage nicht ganz geheuer. Es war ihm einfach zu friedlich.

„Haben Sie einen Haustürschlüssel, Alev?", wollte Winkler wissen. „Ja natürlich!" „Na dann, worauf warten wir, rein in die gute Stube!"

Grabautzki aber sagte: „OK, macht Ihr das, ich schleiche mich hinten rum, sicher ist sicher!" Grabautzki kletterte vom Nachbargrundstück aus über den Zaun und schlich am Weidenbaum vorbei, hinter das Haus.

Winkler und Alev begaben sich zur Eingangstür. Alev holte den Schlüssel aus der Tasche und auch Winkler entsicherte jetzt leise seine Pistole hinter Alevs Rücken. Er wollte keine Panik erzeugen.

Als sie die Eingangsdiele betraten, griff Alev hektisch in ihre Umhängetasche und riss ihre Pistole heraus.

„Hier stimmt was nicht!“, zischelte sie. „Wieso?“, fragte Winkler leise. Sie deutete auf den Dielenboden. „Da, die dreckigen Fußabdrücke, so etwas würde es bei meinem Vater nicht geben!“

Obwohl Alev eher dem pazifistischen Spektrum zuzuordnen war, hielt sie ihre Waffe wie ein Profi mit beiden Händen sicher ausgerichtet vor sich. Winkler entging diese Tatsache nicht.

Beide schlichen den Flur entlang und öffneten nach und nach jede Tür die sich rechts und links von ihnen befand, ohne Auffälligkeiten in den Räumen zu entdecken. Am Ende des Flurs befand sich die Stubentür. Alev öffnete sie und Winkler trat mit vorgehaltener Waffe in den Raum.

Mitten in der Stube stand Grabautzki. Er war durch die offene Verandatür gekommen und stand vor einem Holzstuhl mit geflochtener Sitzfläche.

„Was gibt's?“, fragte Winkler leicht irritiert. Grabautzki zeigte auf ein paar zerschnitte Kabelbinder, die auf dem Boden lagen und einer Pfütze unter dem

Stuhl. „Was ist damit?“ „Die Pfütze da: Urin!“, flüsterte er. Beiden war sofort klar, was das zu bedeuten hatte. Hier wurde einer gefesselt und gefoltert und zwar so, dass er sich vor Todesangst in die Hose gemacht hatte. „Verdammte Scheiße!“, fluchte Winkler leise.

Beide vermieden es, Alev auf diesen Tatbestand hinzuweisen. Und so sagte Grabautzki: „OK, die Typen haben Ihren Vater nicht umgebracht, aber offensichtlich entführt!“

Bei diesen Worten, brach Alev zusammen, Winkler konnte sie im letzten Moment noch auffangen.

Kapitel 11 – Verflixt und zugenäht!

Sie trugen sie in die Küche und flößten ihr Wasser ein. Langsam kam Alev wieder zu sich. „Warum? Warum?“, stammelte sie. „Ich glaube“, so Winkler, „wer immer das auch getan hat, benutzt Ihren Vater jetzt als Geisel, um an eine Information von Ihnen zu kommen. Grabautzki und mich hätten sie wahrscheinlich einfach nur umgebracht, aber nicht Ihren Vater! Und auch Ihren Bruder hat man erst gefesselt und entführt, bevor sie ihn ermordeten. Selbst Sie wollte man in den Wagen zerren und das doch nur, um auch von Ihnen eine Information zu erlangen.

Es muss also noch etwas anders geben als die Dokumente von Amnesty International, irgendetwas, was nur Sie und Ihr Bruder wissen.

Ich bin mir ziemlich sicher, dass sich die Entführer bei Ihnen melden werden!“

Angestrengt überlegte Alev, aber ihr fiel beim besten Willen kein Grund ein. „Dann“, meinte Grabautzki, „kann es nur bedeuten, das Ihr Bruder sein Wissen mit in den Tod nahm. Auffällig ist auch, das diese Wohnung nicht so aussieht als wäre sie durchsucht worden!“

Alev unterbrach ihn, und zeigte auf das Telefon im Flur. „Seht ihr, der Anrufbeantworter blinkt!“

Taumelnd erhob sie sich vom Küchenstuhl, und mit zitternder Hand schaltete sie das Gerät auf Abspielen.

In akzentfreiem Deutsch erklang eine männliche Stimme:

„Sehr geehrte Frau Kaan, wie Sie vielleicht festgestellt haben, ist Ihr Vater bei uns zu Gast. Wenn Sie an einer Familienzusammenführung interessiert sind, kommen Sie einfach morgen um 20 Uhr zu dem alten verlassenen Gehöft auf der Chaussee zum Deich.

Es versteht sich von selbst, dass wir auf das Beisein der Polizei verzichten können. Auch auf Ihre beiden Begleiter, `Pat und Patachon´ legen wir bei diesem Treffen keinen gesteigerten Wert! Es würde nur zu einer gesundheitlichen Beeinträchtigung Ihres Vaters führen!“

Wie hysterisch fing Alev an zu schreien: „Sie haben meinen Vater!“ „Ja, das haben wir mitbekommen, aber Ihr Vater lebt noch! Und das ist doch gut!“, beruhigte

Grabautzki sie. „Und das Gehöft kennen wir auch!“, meinte Winkler.

„Genau, dort haben wir doch vor ein paar Jahren eine interne Polizeiübung durchgeführt. Zufällig ging es dabei um eine Geiselbefreiung!“, fügte Grabautzki hinzu. „Das ist die Ironie des Schicksals! Jetzt wird es sich zeigen, ob Theorie und Praxis konform laufen!“, bemerkte Winkler.

„Aber Ihr habt doch gehört, keine Polizei! Und warum nennt der Typ Euch `Pat und Patachon´?

Winkler musste schmunzeln: „Er bezieht sich auf eine dänische Komödie aus der Stummfilmzeit und bedeutet, das ungeschickt wirkende Nebeneinander zweier Personen mit sehr verschiedenem Körperbau. Er hätte auch Dick und Doof sagen können, hat er aber nicht! Und das wiederum heißt, unser Anrufer muss älter als fünfzig Jahre sein, denn jüngeren Menschen ist dieses Filmduo nicht mehr bekannt.“

„Mann, Winkler, Sie sind ja ein richtiger Profiler!“, scherzte Grabautzki.

Alev schaute resigniert zu Boden. Sie verstand nicht, wieso diese beiden immer noch Witze machen konnten, obwohl es hier um Leben und Tod ging.

Aber sie musste sich eingestehen, dass diese laszivere Einstellung der beiden eine beruhigende Wirkung auf sie ausübte. „Also, Grabautzki, was nun? Wie gehen wir Ihrer Meinung nach vor?“, wollte Winkler wissen.

Grabautzki überlegte kurz: „Tja, an der Übung damals waren über zwanzig Polizisten beteiligt. Aber ich glaube, wir müssen diesmal auf die Unterstützung unserer Kollegen verzichten. In diesem Fall kann man ja keinem mehr trauen. Wer weiß hier noch, wer Freund oder Feind ist! Es muss also auch ohne sie gehen.

Zufällig weist dieses Gehöft ein paar architektonische Besonderheiten auf, die wir uns zu Nutze machen können.

Erstens gibt es auf der Rückseite des Bauernhauses einen stillgelegten Brunnen, der in halber Tiefe einen gemauerten Kanal von 80 cm Durchmesser besitzt. Dieser führt direkt in den Waschraum im Inneren des Gebäudes.

Zweitens befindet sich im Wirtschaftsraum eine große Räucherkammer. Der Schornstein dieser Kammer ist mit einem Kamin im oberen Stockwerk verbunden.

Diese beiden Zugänge lassen sich mit Tauwerk oder Leiter ohne Weiteres durchqueren. Wir müssen uns nur früh genug dort positionieren."

„Das klingt ja alles ganz gut, aber wir müssen einkalkulieren, dass die Entführer vielleicht auch nicht dumm sind. Sie werden das Gebäude vor dem vermeintlichen Familientreffen bestimmt unter Beobachtung halten!" „Das stimmt, aber das Grundstück liegt direkt vor dem Binnen-Deich, und hinter diesem Deich fließt das Binnen-Tief, es mündet im Hafenbecken. Wir klauen dem Sielwärter sein kleines Ruderboot und gelangen so ungesehen zu dem Gehöft. Das Boot verstecken wir im Schilf und wir uns im Gebäude. Verständigen werden wir uns über Handy, wir müssen die Dinger nur auf Vibration schalten, damit der Klingelton uns nicht zum Verhängnis wird!“

Winkler war von dem Plan beeindruckt: „Mann, das ist ja wie bei `Mission Impossible´. Tom Cruise ist ein Flachwichser gegen Sie!

Nicht ohne Stolz erwiderte Grabautzki: „Danke!“

„Und was mache ich bei dieser Geschichte?“, fragte Alev verunsichert.

„Sie, mein liebes Kind, gehen durch den Haupteingang, schließlich sind Sie der geladene Gast. Schon vergessen?“, sagte Winkler mit einem Lächeln auf den Lippen. Dann fing Winkler an, den Plan zu vervollständigen. „Sie, Alev, werden sich bis zu Ihrem Besuchstermin morgen bei meinem alten Anglerkollegen verstecken, der wohnt hier in der Nähe. Grabautzki und ich gehen zurück zur Razzle-Dazzle und versorgen uns mit Proviant und Waffen. Dann werden wir heute Abend unseren kleinen Campingurlaub am Binnen-Deich beginnen!“

Nachdem sie Alev in Sicherheit gebracht hatten, begaben sich die beiden zurück an Bord. Aber diesmal erzählten sie den immer noch fotografierenden Touristen, die an der Kaimauer standen, unaufgefordert haarsträubende Geschichten von ihrer Seereise.

Sie waren selbst erstaunt über den Verbal-Müll, den sie da von sich gaben, und innerlich amüsierten sie sich köstlich. Bei einer dieser Geschichten, die Grabautzki ihnen auftischte, hätte Winkler beinahe vor Lachen in einen Poller gebissen.

Er erzählte davon, dass sie die letzten Robbenfänger an der friesischen Küste wären. Aber aufgrund des verschärften Schusswaffengesetz in Europa, dürften sie nicht mehr auf Robben schießen, stattdessen müssten sie diese possierlichen Tierchen nun mit Dachlatten aus dem Baumarkt tot schlagen. Das ist natürlich eine riesen Sauerei und das Fell müsste man nun aufwendig reinigen. Aus diesem Grund wollten sie in Zukunft nur noch Granat angeln.

Angewidert und traumatisiert von diesen Geschichten verzogen sich die Touristen nach und nach zurück in ihre Ferienwohnungen.

Kurz darauf waren alle lästigen Zuschauer verschwunden, die beiden rafften ihr Expeditions-Equitment zusammen und versäumten es nicht, ihre Gesichter mit Kohlenstaub aus dem Holzkohlegrill schwarz zu färben.

Wie geplant klauten sie das Boot vom Sielwärter und ruderten los.

Der Sielwärter bekam sowieso nichts davon mit, weil

er um diese Zeit im Bootsschuppen seinen Rausch ausschlief. Dieser Typ hatte ohnehin einen Traumjob, er bestand darin, zweimal am Tag die Sieltore zu öffnen und zu schließen und ab und zu den Rasen an der Sielanlage zu mähen. Mal ganz abgesehen davon hätte er ihnen das Boot auch so gegeben. Er ist nämlich ein toller Kerl mit dem man Pferde stehlen kann.

Am Zielort angekommen, tarnten sie das Boot im Schilf und stiegen den Deich hinauf. Weil es sich um einen Binnen-Deich handelte, war er von Sträuchern und kleinen Büschen überwuchert. Diese boten ihnen guten Sichtschutz, so dass sie in Ruhe das unter ihnen liegende Gelände beobachten konnten.

Etwa zwanzig Meter von dem Gehöft entfernt stand ein Kleintransporter auf dem Zufahrtsweg. Er trug die Aufschrift einer Dachdeckerfirma.
Den beiden Kriminalisten war sofort klar, dass ihre Gegner schon vor Ort waren, denn diese Firma war ihnen gänzlich unbekannt, obwohl das Fahrzeug mit friesischen Nummernschildern versehen war.

Es war wohl das Vorauskommando, um die Gegend um das Gehöft herum zu sichern. „Na dann sichert mal schön!“, sagte Winkler leise, „wir machen erst einmal Brotzeit und in der Nacht geht’s ab durch den Brunnen in das Gebäude. Ich glaube nicht, dass sie ahnen, dass wir schon lange vor ihnen Quartier bezogen haben. Der Überraschungsefekt ist klar auf unserer Seite."

Während die beiden den Rest des Tages auf dem Deich verdösten, saß Alev auf der Terrasse eines kleinen Fischerhauses und genoss bei einer Tasse Tee die Sommersonne.

Winklers Anglerkollege hieß Hinnog und war so um die siebzig Jahre alt. Alev und er verstanden sich auf Anhieb gut, und so erzählte Alev dem alten Mann die ganze dramatische Vorgeschichte. Sichtlich bewegt sagte Hinnog: „Machen Sie sich keine Sorgen, Winkler und Grabautzki werden das Kind schon schaukeln. Bessere Polizisten als die beiden gibt es in ganz Friesland nicht! Unabhängig davon, was die beiden mit den Entführern anstellen, sollten wir auch einen kleinen Trumpf im Ärmel haben. Ich werde Sie morgen zu diesem Treffen fahren.

Vorsichtshalber baue ich die Nummernschilder von meinem Auto ab, dann kann man mich nicht identifizieren. Sollte etwas schiefgehen, können wir immer noch fliehen. Ich bin in diesem Kaff aufgewachsen und kenne jeden Schleichweg, um diese Pappeimer abzuhängen." „Das ist nett von Ihnen, aber das müssen Sie nicht tun!", sagte Alev.

„Ach, Kindchen, schon Mal Rentner gewesen? Immer nur Angeln, Fernsehgucken, Lesen oder mal ne´ Busreise in den Harz? Nein danke, dann doch lieber ein bisschen Action!“

Kapitel 12 – Sommernacht – dunkle Nacht

Kurz vor Sonnenaufgang verließen Winkler und Grabautzki ihr Versteck. Wie erwartet stand der Kleintransporter immer noch auf dem Zufahrtsweg. Sie schlichen zu dem Brunnen. Ihre mitgeführte Ausrüstung bestand unter anderem aus sechs Pistolen, zwei Schnellfeuergewehren, einem langen Tau und der Badeleiter der Razzle-Dazzle.

Grabautzki ließ sich am Tau herunter in den Brunnen gleiten, und Winkler tat es ihm notgedrungen gleich. Sie krabbelten durch den Seitenschacht in die Waschküche des Gebäudes. Vorsichtig und leise schauten sie sich um, ihr Plan schien aufzugehen. Es war kein Mensch vor Ort.

Sie durchforschten die Räume und versteckten vier ihrer mitgebrachten Pistolen in den Zimmern unter Schutt und Gerümpel. So konnte sie im Notfall überall im Haus auf eine Waffe zugreifen. Die Sturmgewehre und zwei Pistolen behielten sie bei sich.

Dann suchten sie ihr Hauptquartier auf, die Räucherkammer. Auf mitgebrachten Wolldecken machte sie es sich so bequem wie möglich. Die schwere Eisentür zogen sie hinter sich zu. Jetzt hieß es warten.

Gott sei Dank hatte Winkler noch schnell eine Flasche Obstler eingesteckt, denn ganz ohne Fusel wollten sie den Tag nun auch nicht verbringen.

Nach einer belanglosen Plauderei hatten die beiden Abenteurer die Flasche bereits um zehn Uhr leergetrunken und sie fielen in einen engelsgleichen Schlaf.
Durch ein Poltern und lautes Stimmengewirr wurden die beiden wieder wach. Grabautzki schaute verwundert auf die Uhr, sie hatten über acht Stunden geschlafen. „Ich glaub, es geht los!“, flüsterte er.
Sie erhoben sich von ihrem Schlafplatz und reckten ihre Glieder. Dann lauschten sie gespannt um rauszukriegen, was da draußen vor sich ging. Sie hörten, wie drei oder vier Personen die Treppe hochgingen.
Dann konnten sie deutlich Stimmen hören. Die Personen befanden sich jetzt genau in dem Raum, wo sich auch der Kamin mit dem Zugangsschacht zur Räucherkammer befand. Jetzt entpuppte sich die Räucherkammer nicht nur als gutes Versteck, sondern auch als ausgezeichneter Resonanzkörper.
Sie konnten fast jedes Wort verstehen. Eine dieser Personen gab offensichtlich Anweisungen. Sie hörten

Sätze wie: „Bindet ihn hier fest!“ Auch ein Stöhnen und Ächzen konnten sie wahrnehmen.

Das konnte nur Alevs Vater sein, wahrscheinlich hatte er einen Knebel im Mund.

Kurz darauf verließen zwei dieser Typen wieder den Raum und gingen die Treppe runter. Der dritte blieb zurück in dem Zimmer. „Den haben sie wohl als Wache zurückgelassen!“, bemerkte Winkler leise.

Grabautzki nahm vorsichtig die Badeleiter und kletterte bis zu dem Kaminschacht. Er wagte einen Blick durch den Kamin und stieg wieder runter. „Stimmt“, sagte er, „Alevs Vater haben sie auf einen Stuhl gefesselt und der Typ steht am Fenster und schaut raus. Eine Waffe habe ich nicht gesehen, das heißt aber nicht, das er keine bei sich trägt.“

„Sehr schön, dann können wir nur hoffen, dass die Anderen nicht so schnell zurückkommen. Sie haben ja auch noch zwei Stunden Zeit, bis Alev eintreffen soll.

Wir holen ihren Vater jetzt raus, warum sollen wir uns auf eine große Schießerei mit denen einlassen, wenn wir nur einen überwältigen brauchen! Sie gehen durch den Kamin, und ich nehme die Treppe!“

Lautlos öffnete Winkler die Eisentür der Räucherkammer und stieg heraus, er schaute sich vorsichtig um und überzeugte sich davon, dass die andern Typen auch wirklich verschwunden waren.

Per Handzeichen gab er Grabautzki zu verstehen, dass

er jetzt die Treppe hochgeht. Vor der Zimmertür blieb er stehen, um Grabautzki Zeit zu lassen, sich im Kamin zu platzieren.

Dann trat Winkler mit vorgehaltener Waffe die Tür auf und fast gleichzeitig rollte Grabautzki aus dem Kamin.

Der Typ am Fenster war so geschockt, dass er wie erstarrt da stand. Grabautzki rannte zu ihm rüber und hielt ihm seine Pistole an die Schläfe. Er durchsuchte ihn auf Waffen und nach dem er fündig geworden war, schlug er ihm seine Pistole auf den Hinterkopf. Bewusstlos brach der Kerl zusammen.

Auch Alevs Vater hatte sich so erschrocken, dass er beinahe seinen Knebel verschluckt hätte.

Ohne ein Wort zu verlieren befreiten sie ihn von seinen Fesseln und brachten ihn runter in die Waschküche. Grabautzki sammelte noch schnell die versteckten Waffen wieder ein und Minuten später krochen alle drei durch den Brunnenschacht in die Freiheit.

Aber erst als sie auf der Razzle-Dazzle in der Kajüte saßen, offenbarten sich die Befreier dem Entführungsopfer. Danach legten sie den sichtlich erschöpften Acar Kaan in eine Koje und er schlief ein.

Es war einundzwanig Uhr, die ganze Befreiungsaktion lief schneller als gedacht. „Rufen sie Alev an, sie soll herkommen!“, sagte Winkler.

Es dauerte nicht lange, als ein alter Volvo Kombi die Hafenanlage heruntergefahren kam und am Anleger stoppte.

Es war Hinnog, er brachte Alev persönlich zum Boot. Alev schrie euphorisch: „Ihr seid Helden!“ „Ja, ja, ist schon gut“, meinte Winkler. Und Grabautzki bemerkte: „Mensch, Hinnog, so´ne Karre fahre ich auch, nur meine hat Nummernschilder!“

Hinnog antwortete gelassen: „Ja nee, das ist nur so´ne Art Sicherheitsmaßnahme.“ „Ach so, alles klar, verstehe!“, meinte Grabautzki.

Sie gingen alle zusammen unter Deck, und Winkler wandte sich an Hinnog: „Sag mal, hast Du dein Handy dabei?“ „Ja, wieso?“ „Ruf doch mal mit unterdrückter Nummer bei unserer Polizei an, und melde eine wilde Schießerei auf dem Gehöft an der Chaussee zum Deich. Wollen wir doch mal sehen, ob unser Hauptkommissar Töpfer mit seinen Mannen ausrückt, um nach dem Rechten zu sehen.“ „Was soll das bringen? Wenn der das Wort Schießerei hört, macht er sich vor Angst in die Hose und wartet lieber auf ein SEK-Kommando. Und bis die eintreffen, sind die Typen schon längst über alle Berge!“, meinte Grabautzki.

„OK, Hinnog, dann sag einfach, Du hast dort Schreie und einen Schuss gehört! Und Sie, Grabautzki, sollten morgen wieder Ihren Dienst antreten! Ich bin gespannt, ob dann schon irgendwelche Ermittlungsergebnisse über den heutigen Abend vorliegen. Wir haben zwar den Herrn Kaan befreit, aber wer die Entführer waren, wissen wir immer noch nicht. Nach wie vor müssen wir alle Möglichkeiten in Betracht ziehen.

Sie, Alev, bleiben mit Ihrem Vater die nächsten Tage bei mir an Bord, hier seid Ihr relativ sicher vor irgendwelchen Verfolgern!"

„Entschuldigung ", meinte Hinnog, „ich glaube, es ist besser ich nehme die beiden mit zu mir. Erstens kann ich auch mit einer Waffe umgehen, weil ich nicht nur Angler sondern auch Jäger bin und zweitens ist mein Haus komfortabler als Dein Fischkutter!"

Dieses Argument überzeugte Winkler. Ohne weitere Diskussion kramte er vier Gläser aus dem Schrank und holte aus einer Kiste unter seiner Koje zwei Flaschen Wein der billigsten Sorte.

Alle Beteiligten quetschten sich auf die schmalen Bänke um den Kajütentisch und saßen da wie die Jünger Jesu beim Abendmahl.

Während sie das symbolische Blut Christus genossen, ergriff Winkler wieder das Wort: „So, meine Dame, meine Herren, was wissen wir über unseren Fall?"

Dabei legte er sein Notizblock auf den Tisch und zückte seinen Kugelschreiber. Dann stellten die drei eine Liste mit den bekannten Fakten zusammen. Und Hinnog lauschte schockiert diesem nächtlichen Protokoll.

Alevs Bruder wurde von einem Mann, wahrscheinlich Ausländer, ermordet. Die Leiche wurde später beseitigt. Aber von wem?

- Dieser Mörder wiederum wurde von Alev in Notwehr getötet und das mit Grabautzkis Dienstwaffe. Diese Leiche hat das LKA beschlagnahmt, weil sie den Fall übernommen hat.
- Dann gab es einen Angriff auf Alev in dem Hotel ihres Vaters. Zwei Angreifer und ein Unschuldiger kamen dabei ums Leben. Auch hier wurden die Toten beseitigt.
- Einen zweiten Angriff auf uns gab es auf offener See. Dabei wurden die Täter ebenfalls von uns erschossen. Diese Toten waren wahrscheinlich auch ausländischer Herkunft.
- Dann kommt die missglückte Entführung von Alevs Vater, den wir befreien konnten.
- Alev und ihr Bruder arbeiten für Control-Arms bzw. Amnesty International. Sie konnten eine Verbindung zwischen der Transportfirma von Pedro Castello und dem illegalen Waffenhandel nachweisen. Die Firma heißt „Sieben-Wolken-Flieger" und hat einen Sitz in Hannover.
- Pedro Castello hält sich zurzeit in Alexandria auf und könnte der Auftraggeber der Killer sein.

Winkler legte seinen Kugelschreiber beiseite und

sagt: „Tja, das sind die spärlichen Fakten auf die wir uns einen Reim machen müssen. Hat jemand eine Idee oder Theorie?“

Grabautzki meldete sich zu Wort: „Ich habe ja schon mal den Verdacht geäußert, ob Alevs Bruder nicht vielleicht doch mehr wusste und die Geschäftsverbindungen von Pedro Castello nur zweitrangig sind. Irgend etwas anderes, das so brisant ist, dass es diese ganzen Toten rechtfertigt. Kann es sein, Alev, dass es sich dabei um die Tätigkeit Deines Bruders als Journalist in Syrien handelt?“

„Ich habe keine Ahnung, woran mein Bruder dort gearbeitet hatte. Nach dem er bei dem Granatangriff seine Beine verloren hatte, sprach er nie wieder über seine Zeit als Journalist in Syrien. Er wurde nur noch von dem Hass auf die internationalen Waffenhändler geleitet. Aber vielleicht weiß mein Vater mehr, er hat häufig mit meinem Bruder telefoniert.“

„Na gut, das klären wir morgen. Ihren Vater lassen wir erst einmal schlafen. Sie sollten jetzt mit Hinnog zurückfahren, Grabautzki und ich werden noch ein bisschen Brainstorming betreiben!“ Dabei schaute er verschmitzt auf die letzte Flasche Wein, die es noch zu bearbeiten galt.

Kapitel 13 – Das Erwachen

Acar Kaan schlief, Alev und Hinnog waren fort. Winkler und Grabautzki saßen sich gegenüber am Kajütentisch und schauten nachdenklich in ihre bis zum Eichstrich gefüllten Weingläser.

Leise fing Winkler wieder an zu reden: „Wenn wir doch nur etwas über die Identität der Toten wüssten, aber alle Leichen sind verschwunden."

„Vielleicht nicht alle", meinte Grabautzki, „den Toten auf dem Klo zum Beispiel hat sich das LKA gegriffen und ich glaube nicht, dass sie diese Leiche einfach verschwinden lassen können. Dafür gab es zu viele Zeugen.

Ich werde mich morgen offiziell über den Verbleib der Leiche informieren, sofern das LKA mir überhaupt Auskunft gibt!"

„Wenn das nicht klappt", so Winkler, „könnte ich einen ehemaligen Kollegen bitten, etwas darüber in Erfahrung zu bringen. Der ist zwar auch schon im Ruhestand, aber er war beim BKA und hat immer noch sehr gute Kontakte. Vielleicht haben Sie Recht, und es geht gar nicht um diesen Pedro Castello und belastende Dokumente gegen ihn, sondern es steckt eine ganz andere Organisation dahinter.

Es würde jedenfalls zu Ihrer Theorie passen, dass es sich um Acar Kaans Tätigkeit als Journalist in Syrien handelt."

„Und Alev? Was wollen die dann von ihr, wenn sie doch nichts weiß?"

„Ja, aber wissen das diese Leute?", gab Winkler zu bedenken.

Die beiden konnten trinken und denken was sie wollten, sie kamen zu keinem Ergebnis. Irgendwann schliefen sie am Tisch ein.

Als Winkler am nächsten Morgen um neun Uhr erwachte war Grabautzki schon verschwunden. Er hatte ihm eine Notiz hinterlassen, dass er mit dem Taxi zum Dienst gefahren sei.

Er erhob sich von seinem unbequemen Schlafplatz und weckte den immer noch im Tiefschlaf befindlichen Acar Kaan.

Winkler hatte in der Zwischenzeit Kaffee gekocht und wartete auf ihn. „Wo ist meine Tochter?", wollte er sofort wissen. „Keine Panik, sie ist bei einem Freund in Sicherheit! Trinken Sie erst einmal einen Kaffee und dann erzählen Sie mir, was diese Entführer von Ihnen wollten.

Acar Kaan war ein knochiger alter Man Ende Sechzig, aber sah wesentlich älter aus. Seine Hände hielten zitternd die Tasse Kaffee und mit leicht türkischem Akzent fing er an zu reden: „Vor zwei Tagen klopfte es an meiner Tür. Als ich öffnete fielen drei Männer über mich her. Sie fesselten mich und schlugen mir mehrfach ins Gesicht. Erst dann fragten sie mich, wo meine Tochter sei. Sie schienen Deutsche zu sein, zumindest sprach einer von ihnen ein klares Deutsch. Ich sagte, ich wüsste es nicht. Daraufhin hielten sie mich dort einen Tag fest und warteten auf meine Tochter. Aber sie kam nicht und sie wurden ungeduldig.

Dann verfrachteten sie mich in mein Auto und brachten mich in eine Art Kellerversteck, genau kann ich es nicht sagen, denn sie hatten mir die Augen verbunden. Die Leute selbst waren maskiert.

Und gestern Abend führten sie mich zu diesem Hof, den Rest kennen Sie ja.“

„Haben Ihre Entführer irgendetwas angedeutet, was sie von Ihrer Tochter wollten?“ „Nein, absolut Nichts!“

Winkler überlegte, wie er seine Befragung fortsetzen sollte. „Ich weiß nicht, ob Sie es schon wissen, aber am Wochenende wurde Ihr Sohn ermordet und es ist nicht auszuschließen, dass sie es auch mit ihrer Tochter vorhaben.“ Bei diesen Worten wurde Acar Kaan leichenblass, ein klares Zeichen dafür, dass ihm diese

Tatsache noch nicht bekannt war. Er fing an zu schluchzen: „Ich habe immer zu ihm gesagt, lass die Finger davon. Aber er war zu fanatisch, was seine politische Überzeugung betraf.

Ich wusste, dass die sich das nicht gefallen lassen, schon gar nicht von einem kurdischen Journalisten. Erst hat es ihn seine Beine gekostet und jetzt sein Leben!"

„Moment mal", unterbrach ihn Winkler, „wer sind Die - und was lassen Die sich nicht gefallen?"

„Die türkische Regierung, beziehungsweise der türkische Geheimdienst, der `MIT´. Eine nicht zu unterschätzende Organisation, deren Agentennetz weitaus größer ist als das der ehemaligen ``STASI´. Und deren Befugnisse nahezu grenzenlos sind.

Das ist die Art von Agenten, die vor jeglicher Strafverfolgung durch ihren Staat geschützt werden und das gilt auch für Mord. Diese Leute besitzen tatsächlich die Lizenz zum Töten und machen davon skrupellos Gebrauch!"

„Und das hier auch in Deutschland?", fragte Winkler ungläubig. „Warum nicht, wenn es dem Schutz des türkischen Staates dient!

Es gibt allein hier in der Bundesrepublik mindestens einen Spitzel auf fünfhundert Deutsch-Türken.

Den Jungs entgeht Nichts, und wenn Gefahr im Verzug ist, werden sie aktiv!" „Was hat Ihr Sohn denn verbrochen, dass er zur Zielscheibe des türkischen Geheimdienstes wurde?"

„Genaues weiß ich nicht, aber ich glaube, er hatte sich irgendwie Zugang zu geheimen Staatsakten verschafft. Dann verlor er seine Beine, das war kein Zufall und danach hat er sich mir gegenüber nie wieder darüber geäußert. Nur soviel, dass eine Spur nach Deutschland führt."

Winkler war nach diesen Ausführungen frustriert. Das Einzige, was er jetzt wusste: Er hat es mit einer Staatsmacht zu tun, die über ein professionelleres Know-How verfügte als er und sein Kollege Grabautzki.

Ein kleines Detail aus Acar Kaan Erzählung ließ ihn trotzdem aufhorchen. Kaans Entführer wussten nicht wo sich seine Tochter aufhielt und waren wahrscheinlich auch keine Türken, denn sie sprachen akzentfrei deutsch. Während den Angreifern mit dem Schlauchboot sehr wohl bekannt war, wo sie sich befand, und diese Typen hatten dunkelschwarzes Haar.

Das wiederum kann nur bedeuten, dass hier zwei verschiedene Organisationen Jagd auf die Kaans machen. Oder der türkische Geheimdienst hat einige Kommunikationsdefizite. Letzteres glaubte Winkler weniger. „Hören Sie, Herr Kaan, ich werde jetzt meinen Freund Hinnog anrufen. Er soll Sie abholen und dann bleiben Sie bei ihm und Ihrer Tochter bis wir Entwarnung geben. Wir könnten Sie auch unter Polizeischutz stellen lassen, aber das allgemeine Vertrauen in diese Behörde ist zur zeit etwas getrübt.

Grabautzki und ich sind deshalb auf uns allein gestellt und werden versuchen, diesem Spuk ein Ende zu setzen. Also haben Sie etwas Geduld."

Nach dem sich auch Acar Kaan in Hinnogs Wohnhaus im Exil befand rief er seinen alten Freund und pensionierter BKA-Beamten Harrass an.

Harrass lebte wie Winkler auf einem Boot, allerdings nicht an der Nordseeküste, sondern in der Nähe von Frankfurt. Er schipperte mit seinem Kahn irgendwo auf dem Main herum.

Er war trotz gleichen Alters, größer und durchtrainierter als Winkler. Auch er hat seine Frau früh zu Grabe getragen und litt seitdem immer mal wieder unter Depressionen. Vielleicht waren es aber diese Lebensparallelen, die diese beiden immer noch in Freundschaft verband.

Es dauerte etwas, bis Winklers vorzeitliches Handy eine Verbindung zum Main herstellte.

„Moin, Harrass, ich bin's, der alte Winkler. Schwimmt Deine alte 'Pecuad' noch?"

'Pecuad' hieß die vierzehn Meter lange Motoryacht

seines Freundes Harrass. Denn wie Winkler hatte auch er sich seinen Schiffsnamen aus der Weltliteratur geborgt. Winklers Razzle-Dazzle stammt aus dem Roman 'Frisco Kid' von Jack London und 'Pecuad' hieß das Schiff von Kaptän Ahab aus dem Roman 'Moby Dick'. Ob es nun besonders originell ist, Schiffsnamen nach literarischen Vorbildern zu wählen, sei dahingestellt. Aber immer noch besser als 'Mucki' oder 'Spatzi'. Jedenfalls war es ein kleines Indiz dafür, dass sich diese beiden Pensionäre kongenial gegenüber standen.

„Na, na, Winkler, ein Anruf von Dir kann doch nur bedeuten, dass ich mal wieder als 'Whistleblower' vom BKA tätig werden soll!“

„Tja, Dir kann man eben nichts vormachen, aber Du hast Recht, ich brauche Dein Insiderwissen. Ich sitze da an einem Fall, der meine Kompetenzen langsam übersteigt.“

„Wie, was für ein Fall, ich denke Du räucherst nur noch Aale und turtelst mit Deiner Bardame herum?“

„Schon richtig, aber ich bin da in etwas reingeraten, das mörderische Dimensionen angenommen hat!“

„Na gut, dann erzähl mal!“, forderte ihn Harrass auf.

Fast zur gleichen Zeit, begann auch Grabautzki mit seinen Recherchen auf dem Polizeirevier. Mit gewohnt lockerem Ton leitete er die Befragung seines Kollegen ein: „Na, Feldhusen, was ist denn so in meiner Abwesenheit passiert? Ein spektakulärer Parfüm-Diebstahl im Supermarkt vielleicht?“ „Mann, Grabautzki, bist Du blöd? Wir haben einen Mord, die Leiche aus dem Dixi-Klo!“

„Ach ja, ich vergaß – und habt Ihr den Mörder?“ „Natürlich nicht!“, seufzte Feldhusen, „wir haben nicht einmal die Leiche. Die hat das LKA beschlagnahmt und in die Gerichtsmedizin nach Hannover transferiert. Identifizierung, Todesursache – es gibt keine Informationen von den Brüdern!“

Grabautzki tat so als würde er überlegen und antwortete: „Naja, die Todesursache ist ja wohl klar, der Typ wurde erschossen. Aber wer er war, wüsste ich schon gerne.“ Dann fragte er gespielt desinteressiert: „Und sonst? War gestern irgendetwas los?“

Bei dieser Frage blitzten Feldhusens eher debil wirkenden Augen auf als hätte man einen Autisten mit Elektroschocks geheilt. „Jo, Du glaubst es nicht, aber gestern so um 21.30 Uhr bekamen wir einen anonymen Anruf. Es wurde uns eine Schießerei in einem leerstehenden Bauernhof am Westhafen gemeldet. Als wir dort eintrafen, war natürlich keine Sau mehr da. Aber wir konnten einen Kleintransporter sicherstellen. Und jetzt kommt's – die Karre war vollgestopft mit russischen Maschinengewehren und Handgranaten!“

„Aha – und lass raten: Der Kleintransporter ist schon

auf dem Weg zum LKA nach Hannover?“ „Nee, nee“, triumphierte Feldhusen, „wir haben diesen Fund noch nicht öffentlich gemacht!“ „Sehr gut“, meinte Grabautzki, „kam diese Maßnahme von Töpfer?“

„Nee, war meine Idee. Ich hab' zu Töpfer gesagt, die haben uns schon die Leiche geklaut – und jetzt noch den Transporter? Wir sollten mit unseren Informationen nicht zu verschwenderisch umgehen!“

Aufrechte Begeisterung machte sich bei Grabautzki breit und er sagte: „Mann, Feldhusen, ich hab Dich unterschätzt, das war nicht gut, das war sehr gut! Wo steht diese Karre jetzt?“

„Unten in unserer Garage.“ Grabautzki riss seine Schreibtischschublade auf, griff sich ein paar Latexhandschuhe und eilte runter in den Hof zu dem Transporter. Diesmal wollte er schneller sein als das LKA.

Als Grabautzki über den Polizeihof lief, riss Feldhusen das Bürofenster auf und rief ihm zu: „Mensch, Grabautzki, Du darfst nicht an den Transporter! Wir sollen auf die Sprengstoffexperten aus Oldenburg warten, wegen der Handgranaten.“

Grabautzki antwortete nur mit einer lässigen Handbewegung, was soviel bedeuten sollte wie „Mir doch egal!“ Denn aus Erfahrung wusste er, dass Handgranaten nur explodieren wenn man ihren Sicherheitsstift zieht. Und im allgemeinen, nahmen sich diese Sprengstoffexperten gerne etwas zu wichtig.

Für eine routinemäßige Entschärfung einer Fliegerbombe aus dem 2. Weltkrieg lassen sie schonmal ein ganzes Stadtviertel nebst Krankenhaus evakuieren. Eine friesländische Firma für Kampfmittelbeseitigung hatte jahrelang die Angst der Bevölkerung schamlos ausgenutzt. Überall dort, wo sie eine unbewachte Baustelle vorfanden, vergruben sie nachts eine unschädlich gemachte alte Bombe, um sie dann für teures Geld noch einmal zu entschärfen.

Außerdem lautete Grabautzkis Motto „no risk - no fun“ Und mit dieser Einstellung öffnete er die Seitentür des Transporters.

Kapitel 14 – Das Spiel der Könige

Nachdem Winkler seinem Freund, dem ehemaligen BKA-Beamten Harrass, die Vorfälle in seiner Kleinstadt detailgenau vorgetragen hatte, legte dieser eine kleine Denkpause ein. Erst dann sagte er: „Mannomann, Winkler, in der Tat: Der Fall klingt spektakulär. Aber Du hast Recht, dieses 'Leichenversteckspiel' trägt durchaus die Handschrift unserer oberen Polizeibehörde. Und die kleinen Jungs vom LKA bedienen sich ähnlicher Methoden.

Der verbleib Deiner 'Dixi-Klo' Leiche lässt sich mit ein paar Telefonaten klären, und wenn er identifiziert worden ist, bekomme ich das auch heraus.

Was den Tod des kurdischen Journalisten und dessen Tätigkeit in Syrien betrifft, wird es schon schwieriger. Aber ich kenne da einen alten Informanten im Außenministerium, der auch enge Beziehungen zum BND und Verfassungsschutz unterhält.

Wenn tatsächlich der türkische Geheimdienst in diesen Fall involviert ist, bleibt es auch dem deutschen

Geheimdienst nicht verborgen. Mann sollte den BND nicht unterschätzen, sie bauen zwar auch viel Scheiße, aber im Großen und Ganzen machen sie unsere gewählten Volksvertreter, sprich Minister und Ministerinnen, durch ihre Informationen erst handlungsfähig.

Dabei spielt die Wahrheit dieser Informationen eher eine sekundäre Rolle. Das allerdings kann zum Beispiel ein Außen- oder Innenminister nicht wissen. Wie gesagt, sie sind ja nur Volksvertreter.

Der Wahrheitsgehalt einer Information vom BND oder Verfassungsschutz hängt davon ab, wie nützlich diese für unseren Staat sein könnte.

Du erinnerst Dich doch sicher noch an das berühmte 'Celler Loch'. Angeblich sprengten Terroristen der 'Roten Armee Fraktion' am 25. Juli 1978 ein etwa 40 cm großes Loch in die Außenwand der JVA Celle, um ein RAF Mitglied zu befreien. Erst zehn Jahre später ergaben die Recherchen eines Journalisten, dass es der Verfassungsschutz Niedersachen selbst war, um einen Informanten bei der RAF einzuschleusen.

Ich will Dir damit nur sagen, das es in Deinem Fall nicht um eine einfache Mörderjagd geht, sondern höhere Interessen von politischer Tragweite im Vordergrund stehen. Ich werde jedenfalls versuchen, meine Quellen anzuzapfen und halte Dich auf dem Laufenden. Sei vorsichtig und grüß mir deine Trixi.“ Winkler bedankte sich und legte auf.

Vorsichtig betrat Grabautzki den Innenraum des Kleintransporters. Er schaute noch einmal nach draußen auf den Hof um sich zu vergewissern, ob sein inkompetenter Vorgesetzter Töpfer ihn bei seinen Untersuchungen auch nicht störte.

Im Handschuhfach entdeckte er Papiere, die tatsächlich einer Dachdecker Firma gehörten. Allerdings hatte die ihren Sitz in Bremen. Die friesischen Nummernschilder und das Fahrzeug waren also geklaut, was keine Überraschung war.

Dann wandte er sich dem Laderaum zu – und da lagen sie, fünfzehn nagelneue Maschinengewehre nebst zugehöriger Munition. Sofort begann er damit, jede einzelne Seriennummer der Waffen zu fotografieren.

In einer Holzkiste fand er dann auch die Handgranaten, es waren ca. 20 Stück, mit kyrillischen Buchstaben versehen.

Ihm wurde klar, dass dieses Waffenarsenal für eine einfache Entführung etwas zu groß ausfiel. Es machte eher den Eindruck, als ob es sich hierbei um die Vorbereitung eines terroristischen Anschlags handelt.

Wenn das stimmt, dachte Grabautzki, *geht es hier um etwas ganz anderes als illegalen Waffenhandel.*

Unter der Holzkiste blitzte ein kleines Stück Papier hervor. Er schob die Kiste beiseite und hob es auf. Es war das Stück einer Notizblockseite, auf der in einer für ihn fremden Sprache ein paar Zeilen standen. Er steckte diesen Papierfetzen in seine Jackentasche. Als er weitersuchen wollte, sah er eine Schattensilhouette vor ihm auftauchen. Er drehte sich erschrocken um und da stand er, in voller Größe und Boshaftigkeit – Hauptkommissar Töpfer!

Und ohne einen Erklärungsversuch Grabautzkis abzuwarten schrie er los: „Sind Sie bescheuert, Grabautzki, wer hat Ihnen das erlaubt? Wollen Sie das ganze Polizeirevier in die Luft jagen? Die Ladung hier ist hochexplosiv!“

„Sorry, Chef, konnte ja nicht ahnen, dass es sich hier um ein Pulverfass handelt“, log Grabautzki und huschte an dem schnaubenden Töpfer vorbei zurück in sein Büro.

Mann, dachte Grabautzki, *der Töpfer ist noch blöder als ich dachte, er hat nicht die geringste Ahnung, was dieser Waffenfund bedeuten könnte. Normalerweise wendet man sich in so einem Fall sofort ans BKA. Aber vielleicht ist Töpfers Blödheit auch von Vorteil, denn wer weiß schon, wer hier alles seine Finger im Spiel hat.*

Feldhusen hatte das Geschrei auf dem Polizeihof mitbekommen und saß kreideweiß an seinem Schreibtisch. „Ich hab Dir doch gesagt, Du sollst da nicht hingehen, jetzt krieg ich auch noch Stress mit diesem

Trottel." „Nun mach Dir mal nicht in die Hosen, Feldhusen, was kannst Du dafür, dass ich so neugierig bin!", beruhigte Grabautzki ihn.

„Gib mir lieber die Schlüssel für den Dienstwagen, ich muss kurz weg!"

Dann griff er zu seinem Telefon. „Wo sind Sie jetzt, Winkler?" „Ich bin auf dem Weg zum Osthafen. In 20 Minuten lege ich an!"

Kurze Zeit später manövrierte die Razzle-Dazzle gekonnt an ihren Liegeplatz. Grabautzki griff sich die Leinen, befestigte den Kahn am Anleger und sprang an Bord.

Weil das Sommerwetter immer noch mit traumhaften Temperaturen trumpfte, setzten sie sich für ihren Gesprächsaustausch aufs vordere Kajütendach, über das Winkler ein Sonnensegel gespannt hatte.

Nachdem sich die beiden ihre neuen Entdeckungen und Informationen mitgeteilt hatten, sagte Winkler: „Geben Sie mir mal diesen Papierfetzen, den Sie gefunden haben. Ich werde ihn Alev und Acar Kaan vorlegen, vielleicht können die ihn ja entziffern! Was den Transporter betrifft haben Sie vielleicht Recht, es macht keinen Sinn, mit so einem Waffenarsenal durch die Gegend zu juckeln nur um einen alten Mann zu entführen. Ich werde jedenfalls meinen alten Freund Harrass davon in Kenntnis setzen."

„OK“, meinte Grabautzki, „aber zu Alev und Acar Kaan möchte ich gerne mit.“ „Das können Sie auch aber nicht mit Ihrem Dienstfahrzeug, das wäre zu auffällig. Ich rufe Trixi an, sie soll uns zu Hinnog fahren.“

Nach einem kurzen Telefonat fuhr Trixi mit ihrem Privatwagen vor, dessen Fahrzeugtyp, wie schon erwähnt, sich keine Sau merken konnte, weil diese Karren alle gleich aussahen. Was wiederum für einen Besuch bei Hinnog von Vorteil sein konnte.

Als Trixi den Bootssteg betrat, durchflutete das Sonnenlicht ihr weißes Sommerkleid. Und als wäre sie durch den Nacktscanner am Flughafen in Amsterdam gelaufen, konnte man ihren makellosen Körper erkennen. Bei diesem Anblick musste selbst Grabautzki kurz überlegen, ob er sein altes Beuteschema, nur Frauen unter Dreißig, nochmal überdenken sollte.

Nach einer kurzen Begrüßungszermonie, Küsschen hier, Küsschen da, stiegen sie in ihr Auto.

Und auch hier saß Grabautzki, benebelt von Trixis aphrodisierendem Parfüm, nachdenklich auf der viel zu engen Rücksitzbank.

Hinnog, Alev und ihr Vater waren gerade im Garten und tranken Tee, aber keinen schwarzen Tee sondern Apfeltee. Hinnog war eben kein Spießer und hatte seine friesische Teekultur spielerisch und selbstverständlich gegen eine türkisch-kurdische ausgetauscht. Alle drei machten einen entspannten Eindruck.

Als Winkler und Grabautzki die Gartenpforte öffneten, griff Hinnog instinktiv zu seinem alten Schrotgewehr, welches westernähnlich an einem Schaukelstuhl lehnte. „Entwarnung!“, rief Winkler, „wir sind's nur.“

„Seid Ihr bescheuert, Euch so ranzuschleichen? Um ein Haar hätte ich Euch umgelegt!“

Daraufhin sagte Grabautzki: „Super-Reaktion, genau so haben wir uns das vorgestellt. Aber schraub endlich mal wieder Deine Nummernschilder an Dein Fahrzeug, sonst wimmelt es hier noch von Bullen!“

Alle mussten nun lachen, bis Winkler den Papierfetzen aus der Tasche zog. „Können Sie da was mit anfangen?“, fragte er Acar Kaan.

Der holte seine Lesebrille 'Modell Honnecker' aus seiner Westentasche, und Alev beugte sich gleichzeitig über ihres Vaters Schulter, um dieses Schriftstück zu studieren.

Für ihre Schriftexpertise brauchten die Beiden nur wenige Sekunden.

„Das hier, ist ein Auszug aus dem Koran!“, bemerkte Acar Kaan. „Genau, und zwar die 2. Sure, Vers 191“, ergänzte Alev.

Die genaue Präzisierung des Textes erstaunt die beiden Kriminalisten. Alev bemerkte es und fügte erklä-

rend hinzu: „Sie wissen doch, wir sind muslimischen Glaubens und wir kennen natürlich den Koran.
Er beinhaltet 114 Suren und diese Sure ist zugegeben eine der umstrittensten. Sie lautet:

„Und tötet sie, wo immer ihr auf sie trefft, und vertreibt sie, von wo sie euch vertrieben haben, denn Verfolgung ist schlimmer als Töten!“

„Wo habt Ihr dieses Papierstück her?“, wollte Alev wissen. „Wir haben es in dem Transporter, der bei der Entführung Ihres Vaters beteiligt war, gefunden. Und zwar unter einer Kiste voll mit russischen Handgranaten“, erwiderte Winkler.
Alev musste schlucken. „OK, ich kann mir vorstellen, was Ihr jetzt denkt: Ein Text dieser Art in Zusammenhang mit einem Waffenfund riecht nach islamistischem Terror. Zugegeben, es gibt im Koran Interpretationsmöglichkeiten die fragwürdig erscheinen und die zum Dschihadismus führten, aus denen sich heute noch totalitäre Gruppen wie der IS oder Boko Haram bedienen. Aber wer den Koran kennt, weiß, dass 'Barmherzigkeit' die meistgenannte Eigenschaft Gottes in diesem Buch ist.
Und wer zum Beispiel die 2. Sure zu Ende liest wird auf diese Zeilen stoßen: „Wenn sie aufhören, ist Gott voller Vergebung und Barmherzigkeit!“
Ich weiß auch, dass der islamistische Terror den mus-

limischen Glauben für Euch Christen in ein dunkles Licht rückt, aber es geht zu weit, wenn Ihr uns Moslems alle für Terroristen haltet.

Ich erinnere mich an eine deutsche Frau, ich glaube sie hieß Heidemarie Mund, die am Rande einer Pegida-Demonstration behauptete, der Koran sei gleichzusetzen mit dem Buch von Adolf Hitler, 'Mein Kampf'. Ich kann mich aber nicht erinnern, dass das Wort 'Barmherzigkeit' in diesem Drecksbuch vorkommt.

Und noch eines, es gibt 1,5 Milliarden Moslems auf dieser Erde, und sollten die alle gewalttätig sein, glaubt mir, sie hätten die Welt schon längst in Schutt und Asche gelegt."

Nach diesem Vortrag mussten Winkler und Grabautzki schlucken. Dann ergriff Winkler das Wort: „Das ist alles richtig, was Sie sagen, und ich sehe Parallelen zu unserer Bibel, vor allem wenn ich an das alte Testament denke. Auch dort gibt es Texte, die, wenn man sie denn falsch interpretiert, nicht grade zum Weltfrieden beitragen. Trotzdem: Dieser Koranvers in Zusammenhang mit dem Waffenfund lässt bei mir nur einen Schluss zu – hier ist etwas Schlimmes in Vorbereitung! Oder sehe ich das falsch?"

Acar Kaan übernahm die Antwort: „So leid es mir auch für meine muslimischen Brüder tut, aber ich schließe mich Ihrer Vermutung an."

Endlich nahm auch Grabautzki wieder am Denkprozess teil und sagte: „Vielleicht ist ja aber auch alles ganz anders als wir glauben.“

„Was meinen Sie?“, wollte Winkler wissen. „Naja“, meinte Grabautzki, „als ich den Transporter durchsucht habe, entdeckte ich Maschinengewehre, Handgranaten und diesen Koranvers. Wer sagt uns, dass wir nicht genau das finden sollten. Es könnte doch auch eine falsche Fährte sein!“

Scheiße, dachte Winkler, *liegt es an meinem Alter oder am Suff? Aber darauf hätte ich auch kommen müssen.*

„Ja, Sie könnten Recht haben, es sind einfach zu viele Personen an der Verfolgung der Familie Kaan beteiligt. Aber Alevs Bruder ist und bleibt die Zentrale Figur in diesem Fall. Wäre er nicht in unsere Kleinstadt gekommen, hätten wir diese Typen nicht an den Hacken. Was wusste er, was wir nicht wissen? Und wenn wir von einem fingierten Terroranschlag ausgehen, wem nutzt er und wer will wem diesen Anschlag in die Schuhe schieben?“

Grabautzki überlegte. „Wenn wir davon ausgehen, dass dieser Koranvers absichtlich in dem Transporter platziert wurde, bedeutet es doch, dass es sich hier nicht um einen islamistisch motivierten Anschlag handelt. Vielleicht steckt ja sogar ein deutschstämmiges rechtsradikales Pack dahinter. Soll ja schon mal vorgekommen sein. Das würde auch erklären, warum sich

BKA und BND einmischen.“ Jetzt meldete sich Hinnog zu Wort: „Entschuldigung, Jungs, aber lasst doch Mal unsere deutsche Nationalfront aus dem Spiel. Es kann ja auch sein, dass nur der BND und der türkische Geheimdienst irgend ein krummes Ding drehen wollen.“

Winkler schaute erstaunt seinen alten Freund an und sagte: „Mensch Hinnog, ich dachte Du wärst nur Jäger und Angler!“,

Hinnog griff zu seiner Schrotflinte. „Pass auf was Du sagst Winkler, sonst mach ich doch noch von meiner Schusswaffe Gebrauch!“

Grabautzki griff beschwichtigend ein. „Ruhig Blut Kinder, lasst uns die Theorie lieber weiterspinnen. Wenn wir ein plausibles Motiv haben, finden wir auch die Täter!“

Kapitel 15 – Die Theorie

Grabautzki nahm Hinnog die Schrotflinte ab und ließ sich auf dem Schaukelstuhl nieder. Dann schaute er auf seine Uhr und sagte zu ihm: „Ich glaube, die Teezeit ist vorbei, hast Du nicht noch etwas anderes in deinem Getränkerepertoire?"

Genau das war Hinnogs Stichwort, er verstand den Wink mit dem Zaunpfahl sofort und verschwand für eine kurze Zeit im Wohnzimmer, um mit Cognac und Gläsern bewaffnet zurückzukehren.

Grabautzki atmete erleichtert auf und setzte seinen Gesprächsbeitrag fort. „Also, gehen wir mal von Hinnogs Denkansatz aus – mal angenommen, der BND und der türkische Geheimdienst machen gemeinsame Sache, dafür würde sprechen, dass ich zu Anfang dieses Dramas zwei schwarze Mercedes-Limousinen mit Berliner Kennzeichen in der Nähe unserer Dienststelle gesehen habe und wir wissen, dass einer der Entführer von Acar Kaan akzentfrei Deutsch spricht.

Vielleicht war die Entführung von Alevs Vater ja auch

nur gespielt, aus dem einzigen Grund, dass die Polizei den Transporter finden sollte. Sie konnten ja nicht ahnen, dass unser Dienststellenleiter Töpfer aus 'Trottelhausen' kommt und diesen spektakulären Fund nicht deuten kann.“

„Das glaube ich nicht“, meinte Winkler, „für eine gespielte Entführung war diese zu brutal und außerdem gab es ja noch diese Typen im Hotel und auf dem Schlauchboot. Die wollten garantiert nicht spielen, die wollten töten!“

Das wiederum könnte bedeuten, dass unsere Alev einfach nur mundtot gemacht werden soll, weil sie eine geheime Aktion verraten könnte. Und damit sind wir wieder bei Alevs Bruder – vielleicht war ihm ein bevorstehender Terroranschlag zeitlich und örtlich bekannt. Diese Sieben-Wolken-Flieger-Geschichte mit dem Waffenhändler Pedro Castello diente ihm lediglich nur als Tarnung, um hier in Norddeutschland unauffällig operieren zu können, für wen auch immer.

Wenn das zutrifft, liegt vielleicht auch das Epizentrum eines Anschlags hier bei uns in Niedersachsen!“

Letztere Theorie gefiel Alev gar nicht, sie wollte nicht akzeptieren, dass ihr Bruder Mitwisser eines bevorstehenden Terroranschlags gewesen sein soll.

Grabautzki bemerkte das und versuchte, Alev zu beruhigen. „Winklers Analyse klingt plausibel, dass heißt aber nicht, dass Dein Bruder ein Terrorist war – wie hieß Dein Bruder eigentlich mit Vornamen?“

Acar Kaan übernahm die Antwort: „Er hieß Saladin, wie der große Kurden-Herrscher. Wie Sie wissen trägt mein Hotel den gleichen Namen. Meine verstorbene Frau und ich haben unsere Kinder immer weltoffen und humanitär, erzogen und der Sultan Saladin war für uns richtungweisend. Aus diesem Grund kann ich es mir überhaupt nicht vorstellen, dass mein Sohn einem anderen Menschen ein Leid zufügen könnte, schon gar nicht mit einem primitiven Terroranschlag!“

„Das mag ja sein“, erwiderte Winkler, „aber es kann ja sein, dass Ihr Sohn seine humanistische Grundeinstellung durch den Verlust seiner Beine radikal geändert hat!“

„Jetzt reicht's,“ fuhr ihn Grabautzki an, „das ist doch alles nur Theorie, noch wissen wir gar nichts!“

„OK“, meinte Winkler, lassen wir das. Ich denke, Sie sollten jetzt erst einmal zurück auf Ihre Dienststelle und ich zurück auf mein Schiff. Wir verzichten diesmal auf Trixis Chauffeur-Dienst und nehmen den Bus, falls es hier überhaupt einen gibt.“

Die letzte ironische Bemerkung war nicht ganz unbegründet, denn der ständig zunehmende Tourismus am Westhafen führte zu katastrophalen Verkehrsverhältnissen. Alle Gäste dieser Ortschaft reisten mit Privatfahrzeugen an und quälten das kleine, ehemalige Fischerdorf mit Abgasen und Parkplatzproblemen. Die Verantwortlichen der Stadt hatten es versäumt, sich rechtzeitig auf diese Problematik einzustellen, um ein vernünftigen öffentliche Verkehrsdienst einzuführen.

Als Grabautzki sein Büro betrat saß Feldhusen vor seinem PC und heuchelte grade intensive Recherchen vor. In Wirklichkeit studierte er mal wieder irgendwelche moralfreie Kontaktanzeigen.

Grabautzki schreckte ihn auf und fragte: „Na, Feldhusen, Töpfers Anschiss überlebt?“ „Ja, ja, hielt sich in Grenzen. Ach übrigens, kurz nach Deinem Verschwinden kam tatsächlich das LKA und hat den Kleintransporter abgeholt.“

„Siehste“, meinte Grabautzki, „bin ich schlau oder bin ich schlau?“

Dann setzte er sich an seinen Schreibtisch und griff zum Telefon. Aus einer Spontanität heraus rief er bei der Polizei Bremen an um zu erfahren, ob es irgendwelche Erkenntnisse in Zusammenhang mit einem gestohlenen Kleintransporter einer Dachdecker Firma aus Bremen gibt. Dabei war es reiner Zufall, dass er die Nummer einer Dienststelle in Walle wählte. Und tatsächlich, es gab welche, allerdings war der Bremer Kollege erstaunt darüber, dass sich ein niedersächsischer Beamte dafür interessierte.

Ohne weiteres Palaver am Telefon stieg Grabautzki in

seinen Dienstwagen und machte sich auf in Richtung Bremen. Natürlich versäumte er es auch diesmal, seinen Vorgesetzten Töpfer von dieser Dienstreise in Kenntnis zu setzen.

Winkler war mittlerweile wieder zurück an Bord und hatte es sich unter dem Sonnensegel auf dem Vorderdeck gemütlich gemacht. Und auch er hatte als erstes sein Telefon in der Hand und rief seinen alten Freund Harrass an.

„Gut, dass Du Dich meldest, Winkler. Es gibt Neuigkeiten in Deinem Fall. Also, der Tote aus dem Dixi-Klo hieß Mohamed Vasilli, seine Mutter war Türkin und sein Vater Grieche. Er lebte zwanzig Jahre in Oldenburg und betrieb dort eine kleine Dönerbude. Allerdings war er auch ein sogenannter 'Schläfer', dass heißt, er war ein türkischer Agent auf Abruf. Das wissen wir deshalb, weil er so ganz nebenbei auch für den BND als Informant gearbeitet hat. Irgendwie ist ihm dann wohl seine Tätigkeit als Doppelagent zum Verhängnis geworden. Er wurde nämlich mit einer P99 erschossen! Ich brauch Dir nicht zu erklären was das zu bedeuten hat – es könnte eine Polizeiwaffe gewesen sein!“

Diese Tatsache war Winkler natürlich bekannt, er wusste ja, dass es sich bei der Waffe um Grabautzkis Dienstwaffe handelt. Aber dieses Detail hatte er Harrass verschwiegen, um seinen Kollegen zu schützen.

Er überlegte kurz, ob ihn diese Informationen weiterhelfen würden. Jedenfalls war ein Zusammenhang zwischen dem deutschen und türkischen Geheimdienst hergestellt und Hinnogs Theorie wurde immer glaubhafter.

Grabautzki hatte sein Fahrziel erreicht und stand vor einer Polizeistation in dem Bremer Stadtviertel Walle. Ein junger Kriminalkommissar erwartete ihn schon im Eingangsbereich.

Wohlwollend nahm er zur Kenntnis, dass dieser Typ fast wie ein Abziehbild von ihm aussah. Die gleichen ungepflegten Haare, der gleiche Bart und die gleichen unkonventionellen Klamotten, die man in der Regel bei einem Undercover-Einsatz im Drogenmilieu trägt.

Der Bremer Kommissar führte ihn zu seinem Büro. Auf dem Weg dorthin musste Grabautzki feststellen, dass auch die Bremer Polizei nicht in den Genuss von staatlichen Fördergeldern kam.

Die ganze Dienststelle sah genauso trist und heruntergekommen aus wie seine zu Hause.

In dem Büro standen alte Leitz-Ordner in ebenso alten Holzregalen, die Computer sahen aus als hätte eine IT-Firma ihren Technikschrott nicht nur an Grundschulen gespendet, sondern auch an dieses Revier. Fehlte nur noch das alte schwarze Bakelit-Telefon von Erik Ode.

Die beiden Kollegen nahmen auf zwei Bürostühlen

Platz, die auf verchromten Dreibeinen standen und mit Rollen versehen waren, die sich allerdings nicht mehr drehten.

„So, so“, fing der Bremer an, „Ihr habt also den Kleintransporter gefunden?“ „Ja schon, aber das LKA hat ihn beschlagnahmt!“ „Das LKA?“, fragte der Bremer Kollege ungläubig. „Tja, die Karre ist wohl an einem größeren Fall beteiligt. Was mich aber interessiert, habt Ihr Erkenntnisse, wer das Fahrzeug gestohlen haben könnte?“

Grabautzki war es klar, dass das LKA über kurz oder lang die gleiche Frage stellen würde. Nur er wollte einfach schneller sein, damit diese Informationen nicht wieder in irgendwelche geheimen Kanäle versickerten.

Der Kollege lächelte: „Alles klar, ich verstehe! Also, der Transporter wurde vor fünf Tagen auf einer Großbaustelle hier in Walle gestohlen.

Glücklicherweise gab es dort Überwachungskameras und wir konnten anhand der Bilder zwei einschlägig vorbestrafte Täter ermitteln. Wir haben sie heute morgen festgenommen.“

„Ist ja genial!“, jauchzte Grabautzki, „wo stecken die Typen jetzt?“ „Wir haben sie bei uns in einer Zelle untergebracht. Sind aber noch nicht dazu gekommen, sie zu verhören. Aber eines wissen wir schon: Diese Kerle gehören einer Gruppe von Neo-Nazis hier aus Bremen an.“

„Kann ich mit den Jungs mal unbürokratisch ein bisschen plaudern?“, wollte Grabautzki wissen. „Klar, warum nicht. Es dauert sowieso noch eine Weile, bis wir sie dem Haftrichter vorführen können.“

Kurz darauf fand sich Grabautzki in dem Verhörraum der Bremer Dienststelle wieder. Und auch hier musste er feststellen, dass dieser Raum ihrem Verhörraum daheim fast bis aufs Ei glich.

Veraltete Videokamera, veraltetes Aufzeichnungsgerät, Metalltisch, zwei Metallstühle und ein einseitig verspiegeltes Fenster. Nur die Betonwände waren hier nicht grau, sondern grün gestrichen.

Es dauerte nicht lange und zwei uniformierte Beamte führten die zwei Typen in Handschellen gefesselt zu ihm. Die Tür wurde hinter ihnen geschlossen und Grabautzki befand sich allein mit diesen Herren im Verhörraum.

Was nun vor ihm stand, spottete jeglicher Beschreibung. Diese beiden Individuen sahen aus wie die Personifizierung der Dummheit.

Der eine groß, Glatze und tätowiert bis zu Halskrause. Der andere klein, Glatze und tätowiert bis zu den Beinknöcheln.

Grabautzki wollte sich grade setzen, da machte der große Glatzkopf schon sein Maul auf: „Sieh an, sieh an, was willst Du schmieriger Hippie denn von uns?

Ich dachte, Deine Großeltern hätte man damals vergast!“

Grabautzki drehte sich kurz um und warf einen Blick in das verspiegelte Fenster. Ihm war klar, dass sein Bremer Kollege von Außen zuschaute.

Ohne die geringste Vorwarnung schlug Grabautzki dem Großen mit der Faust in die Fresse. Der Typ flog nach hinten und knallte mit seiner Glatze an die grün gestrichene Betonwand. Während er bewusstlos zusammensackte, hinterließ sein rasierter Schädel einen langen Streifen Blut an der Wand.

Dann wandte er sich an den kleineren und sagte mit ruhiger Stimme: „Noch so'n Spruch, Kieferbruch!“

Sichtlich eingeschüchtert schaute dieser ebenfalls in das verspiegelte Fenster, aber kein Bremer Beamter ließ sich blicken, er war auf sich allein gestellt.

„OK,“ meinte Grabautzki, „ich hab nicht viel Zeit, in Kürze kommt das BKA und dann bekommt Ihr richtig Hiebe. Also erzähl mir, warum habt Ihr den Transporter geklaut?“

Seine Verhörmethode schien Früchte zu tragen, jedenfalls fing der kleine Glatzkopf an zu stottern.

„Da-da-das war doch nur ein kleiner Autodiebstahl, wir sollten diese Karre besorgen.“

„Für wen besorgen?“, fragte Grabautzki energisch nach. „Das war ein Befehl von oben.“ „Wie, Ihr Lutscher lasst Euch was befehlen, ich denke Ihr seid die

Herrenrasse, steht jedenfalls auf Deinem Unterarm tätowiert? Wer ist denn Euer Befehlshaber?“ „Unser Gauleiter!“ Verständnislos schaute Grabautzki den kleinen Nazi an. „Was soll die Scheiße denn – was für ein Gauleiter, sitze ich hier in einer Zeitkapsel und wir schreiben das Jahr 1938?“ Nicht ohne stolz antwortete er: „Unser Gauleiter heißt Walter Hammer und ist der schlaue Kopf unserer Organisation. Er besitzt einen großen Verlag und eine große Druckerei am Stadtrand von Bremen!“

Diese Information war für Grabautzki natürlich Gold wert aber gleichzeitig dachte er, *was sind diese Nazi-Glatzen doch für Arschlöcher, kaum droht man ihnen Schläge an, denunzieren sie ihre Kameraden.*

Angewidert von diesem Verhör klopfte Grabautzki an die Spiegelscheibe und zwei Beamte öffneten sofort die Tür. Ohne sich um den verletzten Nazilümmel zu kümmern, verließ er wieder den Raum.

Draußen wartete schon sein Amtskollege und klopfte ihm milde auf die Schulter: „Das mit dem kaputten Glatzkopf biegen wir schon wieder hin. Unsere Fußböden sind hier ziemlich glatt, da kann man schon mal ausrutschen.“

„Wer ist dieser Walter Hammer?“, wollte Grabautzki wissen. „Er ist ein gerissener Geschäftsmann und Demagoge. Er vertreibt ein ultrarechtes Schmierblatt und hat in ganz Deutschland seine Anhänger. Leider konnten wir ihm noch nicht das Handwerk legen und mit diesem Geständnis von vorhin schon gar nicht. Dafür hat er zu gute Anwälte."

Kapitel 16 – Die Praxis

Nachdem Grabautzki sich für diese unkomplizierte Amtshilfe bedankt hatte, fuhr er mit seinen bahnbrechenden Erkenntnissen wieder nach Hause.

Er überlegte, wo er seine Recherchen über Walter Hammer beginnen sollte und er entschied sich für das Internet. Aber nicht an seinem PC im Büro und auch nicht an dem in seiner Wohnung, man konnte ja nicht wissen ob diese Dinger nicht schon längst angezapft wurden.

Seine Wahl fiel auf Trixis Kneipencomputer. Dort könnte er sich auch mit Winkler treffen. Aber vorher wollte er noch kurz in sein Büro, um mit Anwesenheit zu glänzen, sonst würde vielleicht Trottel-Töpfer noch misstrauisch.

Nachdem er seinen Dienst ohne besondere Vorkommnisse beendet hatte, betrat er um 20 Uhr Trixis Gastwirtschaft, um ihren Computer zu nutzen und um sich mit Winkler über neue Strategien zu beraten.

Der Laden war brechend voll, alle Gäste warteten auf den Auftritt ihrer Lieblings-Band.

Die beiden Musiker und Songwriter 'Puck und Manne' gaben mit ihrer Band 'ticking time bomb' eines ihrer legendären Konzerte. Die beiden waren gute aber vom Erfolg verschonte Musiker, nur diese Kleinstadtszene wusste ihr Talent zu honorieren.

Die Luft war stickig und von unzähligen Zigaretten völlig verqualmt. Das Schöne an diesem Ort war, dass man das allgemeine Nichtrauchergesetz komplett ignorierte. Man ließ sich eben nichts vorschreiben.

Und so konnte Grabautzki auch nur schemenhaft einige Gäste identifizieren. Am Tresen sah er Fischbuden Eddi mit Kalle, einem kleinen Haschdealer stehen, und an einem der Tische erkannte er Titten-Tina und Pimmel-Peter, sie betrieben ein kleines Bordell gleich um die Ecke. Es war eben alles da, was Rang und Namen hatte und das wiederum sprach für den Ruhm dieser Band.

Grabautzki quetschte sich durch die schwitzende Menge und begab sich hinter den Tresen. Von dort aus gelangte er in die Küche, wo er sich mit Winkler verabredet hatte. Natürlich konnte Trixi bei so einem Event nicht alles alleine bewältigen. Deshalb hatte sie jede Menge weibliches Personal angestellt, welches mit blauen Schürzen bekleidet überall herumwuselte.

Als er die Küche betrat, musste er allerdings staunen, bei all dieser Geschäftigkeit fand Trixi offensichtlich doch noch Zeit, mit Winkler herumzuschäkern. Winkler hatte ihr den Rock hochgeschoben und flipste mit seinen dicken Finger an den Gummirändern ihrer halterlosen Strümpfe.

Grabautzki war abgeklärt genug und ignorierte diese Tatsache. Er räusperte nur kurz und fragte: „Äh, Winkler, haben Sie jetzt kurz Zeit?"

Ohne zu erröten ließ Winkler seine Hand an Trixis Beinen heruntergleiten und antwortete: „Na klar, lassen Sie uns nach oben gehen!"

Nachdem sie sich gegenseitig ihre Erkenntnisse mitgeteilt hatten und der PC hochgefahren war, starrten sie auf den Bildschirm und begannen damit sich durch die Welt zu googlen. Natürlich nicht ohne Winklers Notizbuch.

„Dann wolln wir doch mal sehen, was uns das Internet über den guten Herrn Hammer verrät", meinte Grabautzki. Es dauerte nicht lange und sie befanden sich auf der Homepage von Walter Hammer.

Sie hieß 'Braun Druck & Braun Verlag'. Ein kurzer Blick auf das Verlagssortiment brachte Winkler und Grabautzki fast gleichzeitig zum Kotzen.

Der Herr Hammer hatte fast jeden publiziert, der sich mit rassistisch-nationalistischem Gedankengut beschäftigt. Allem voran seinen eigenen rechtsradikalen

Literatur-Schrott. Außerdem gab es jede Menge Querverweise auf Seminare und Vorträge, die er im ganzen Bundesgebiet abhielt. „Eines ist klar“, meinte Winkler, „dieser Typ spielt in der braunen Topliga mit, aber warum lässt er einen Transporter klauen und stopft ihn mit russischen Waffen voll?“

„Tja, keine Ahnung! Ich glaube, dass auch diese Bremer Glatzköpfe uns die Frage nicht beantworten können, die haben genauso viele Gehirnzellen, wie Haare auf dem Kopf! Lassen Sie uns lieber mal weiter schauen, was uns dieses Gerät noch so erzählen kann.“

„Genau, geben Sie doch mal den Namen unserer Dixi-Klo Leiche ein – Mohamed Vasilli.“

„Fehlanzeige“, murmelte Grabautzki, „hier gibt es nur einen alten Zeitungsartikel über die Neueröffnung seiner Dönerbude.“

„Mhm“, überlegte Winkler, „vielleicht sollten wir es mal mit Pedro Castello probieren, insbesondere mit seiner Firma 'Sieben-Wolken-Flieger!“

Grabautzki gab dem Computer neue Order und kurz darauf tauchte Castellos Lufttransportfirma auf.

„Sehen Sie mal Grabautzki, der Herr Castello hat sogar eine Zweigstelle in Bremen in der Nähe des Flughafens. Gehen Sie doch mal auf diese Seite.“

„Für einen illegalen Waffenhändler macht seine Web-Seite einen ganz seriösen Eindruck!“, stellte Grabautzki fest. „Hier steht der übliche Firmenplunder – Luftfracht weltweit, schnell, sicher, günstig, blablabla!“

Aber schauen Sie mal da!“ Winkler zeigte auf den rechte Bildschirmrand, auf dem sich jede Menge kleine Werbefenster von verschiedenen Firmen befanden mit denen Castello in irgendeiner Geschäftsbeziehung steht. Beide trauten ihren Augen nicht, aber es stand Bildschirm-flackernd vor ihnen.

'Braun Druck & Braun Verlag'

„Bingo, endlich mal ein Zusammenhang!“, triumphierte Grabautzki, „Wenn ein Verbrecher bei dem anderen Verbrecher eine Werbung schaltet, kann das nur bedeuten - die kennen sich!“

„Genau, das würde auf jeden Fall erklären, wie Walter Hammer an die Waffen gekommen ist. Heißt aber noch lange nicht, dass Pedro Castello zwangsläufig an einem geplanten Anschlag beteiligt ist. Er ist wahrscheinlich nur seinem Job als illegaler Waffenhändler nachgegangen. Was seine Kunden mit diesen Waffen anstellen ist ihm glaube ich scheißegal!

Und weil wir diesem Castello eh nicht habhaft werden können, sollten wir uns lieber gleich an Walter Hammer wenden – der ist wenigstens in greifbarer Nähe!“

Winkler klappte sein Notizbuch auf, zückte seinen Kugelschreiber und hielt seine Gedankengänge schriftlich fest.

Wir wissen, dass unsere Dixi-Klo-Leiche Mohamed Vasilli für den türkischen Geheimdienst und den BND gearbeitet hat. Er hat Alevs Bruder ermordet. Warum? Weil Alevs Bruder höchstwahrscheinlich Zeit und Ziel eines Terror-anschlags kannte. Der Anschlag selbst sollte durch den fingierten Fund eines Koranverses wahrscheinlich islamistischen Terroristen in die Schuhe geschoben werden. Drahtzieher dieser Aktion ist eine Gruppe von Neonazis mit Walter Hammer als führenden Kopf. Und das alles mit dem BND und dem türkischen Geheimdienst als Mitwisser.

„Das mag ja alles so sein, aber beweisen können wir gar nichts!", gab Grabautzki zu bedenken.

Er wollte grade mit seinen Gedankengängen fortfahren, als sein Handy sich bemerkbar machte.

Sein Kollege Feldhusen war dran: „Mensch, Grabautzki, wo steckst Du?" „Ich hab' Feierabend, schon vergessen? „Mir doch egal, wir haben wieder eine Leiche. Also scher Deinen Arsch hier her! Oder soll das LKA den Fall übernehmen?"

Grabautzki legte auf und sagte: „Sorry, Winkler, ich muss los, das Morden geht weiter!"

Kurz darauf meldete sich Feldhusen noch einmal und teilte ihm mit, wo genau er seinen Arsch 'hinscheren' sollte. Es war der Eingang zum Stadtwald.

Als er am vermeintlichen Tatort ankam, war Töpfer schon vor Ort, aber Gott sei Dank noch nicht das LKA. „Was gibt's Chef?“ fragte Grabautzki interessiert.

„Der Hund eines Spaziergängers hat das hier ausgebuddelt!“ Töpfer zeigte auf ein Erdloch, in dem man den halb freigelegten Oberkörper eines Mannes sehen konnte. Und obwohl sich schon Maden und Verwesungsgeruch über den armen Kerl ausgebreitet hatten, erkannte Grabautzki die Leiche sofort – es war Alevs Bruder.

Na, da hat das 'Leichenräumkommando' aber schlampig gearbeitet, dachte Grabautzki. *Wenn es ein Geheimdienst war, hätte der mehr Sorgfalt an den Tag gelegt, daher könnte es eher die Handschrift dieser 'Nazilümmel' sein.*

Als die Kollegen von der Spurensicherung den toten Körper aus dem Erdloch zogen, erschraken sie - denn es fehlten die Beine. Grabautzki spielte nun den Schlaumeier und sagte zu Töpfer: „Lassen Sie die Jungs den Fundort absuchen, vielleicht trug dieser Mann Prothesen.“

Töpfer konnte Grabautzkis Gedankengängen zwar nicht folgen, veranlasste aber trotzdem eine Weitersuche. Und tatsächlich wurden sie nach kurzer Zeit schon fündig.

Töpfer konnte ja nicht wissen, dass Grabautzki wusste, dass dieser Mann Prothesen getragen hat, aber statt seinen Untergebenen für diesen gefaketen Geistesblitz zu loben, verstärkte sich Töpfers Antipathie gegen ihn.

Wie dem auch sei, der Leichentorso und die künstlichen Beine wurden in die Pathologie gebracht. Grabautzki wollte der Leichenschau unbedingt beiwohnen, denn vielleicht hatten Winkler und er bei ihrer privaten Untersuchung etwas übersehen.

Eine Stunde später befand er sich in der Pathologie. Es war schon alles vorbereitet. Auf einem Blechtisch lag der klägliche Rest von Saladin Kaan. Zugegeben, es war kein schöner Anblick, der biologische Prozess hatte sich schon zu lange an diesem Körper bedient.

Grabautzki musste nur noch auf den leitenden Mediziner warten. Und während er einsam und alleine mit der Leiche den Raum teilte, fiel sein Blick auf einen Plastikbeutel in dem die Beinprothesen lagen.

Mhm, dachte Grabautzki, *die Dinger sind nicht aus Plastik, die sind aus Karbon gefertigt, also nicht billig!*

Und dann fiel ihm auf, dass sich an der linken Prothese ein kleiner eckiger Deckel befand der mit zwei VA-Schrauben befestigt war. Das Ding sah aus wie das

Batteriefach an einer Fernbedienung. Einem natürlichen Instinkt folgend ging er rüber zu dem Obduktionstisch, öffnete eine Metallschublade, fischte einen Schraubendreher heraus und öffnete damit das kleine Fach an der Prothese.

Kapitel 17 – Der Aha-Efekt

Grabautzki war sich nicht ganz sicher, lag es an seinen bis dato unerkannten spirituellen Fähigkeiten, seiner überdurchschnittlichen Intelligenz oder war es nur das Glück der Dummen?

Auf jeden Fall staunte er nicht schlecht, in dem geöffneten Prothesenfach befanden sich mehrere DIN-A5 Blätter, die zusammengerollt und mit einem Gummiband fixiert waren. Ohne zu zögern griff er sich die Papierrolle und ließ sie in seiner Jackentasche verschwinden.

Ein dicker älterer Herr mit weißem Kittel und Nickelbrille betrat den Raum. Grabautzki kannte ihn nicht aber wie man unschwer erkennen konnte, handelte es sich um den Pathologen.

Es war spät abends und der Typ war sichtlich mies gelaunt. Grabautzki gab ihm zu verstehen, dass er unbedingt die Projektile aus der Leiche benötigte.

Nach einer gefühlten Ewigkeit bekam er die Kugeln

in einer kleinen Plastiktüte ausgehändigt und ließ sie ebenfalls in seiner Jackentasche verschwinden.
Die Projektile wollte er den Ballistikern übergeben obwohl er wusste, dass sie aus einer Glock 17 stammte, die der Dixi-Klo Leiche gehörte.
Die DIN-A5 Blätter allerdings wollte er lieber selbst studieren, aber nicht mehr heute, er war einfach zu müde.

Am anderen Morgen trat Grabautzki pünktlich seinen Dienst an und übergab die Projektile der KTU. Glücklicherweise beauftragte Töpfer ausgerechnet ihn mit der Untersuchung des gestrigen Leichenfunds. Jetzt war er offiziell auf diesen Fall angesetzt worden und braucht sein weiteres Handeln nicht mehr zu rechtfertigen.
Priorität hatte natürlich das Studieren der Papierrolle. Beim Sichten der einzelnen Blätter musste er allerdings feststellen, dass sie wieder in einer ihm fremden Sprache verfasst wurden.
Natürlich wusste er, was zu tun war. Er wollte mit Winkler die Kaans aufsuchen, die sich immer noch bei Hinnog aufhielten.

Nach einem kurzen Telefonat mit Winkler rauschten beide mit einem Taxi Richtung Westhafen.
Winkler machte nicht grade den frischesten Eindruck, denn er hatte bei Trixi übernachtet und solche Abende

zollten ihren Tribut. Aber auch Winkler war es klar, dass die Entschlüsselung dieser Texte bahnbrechend sein könnte. Um sicherzustellen, dass sie beim Betreten von Hinnogs Grundstück nicht gleich von ihm erschossen wurden, klingelten sie höflich an der Tür.

Aber keiner öffnete ihnen. Grabautzki griff an die Türklinke – die Tür war zwar unverschlossen aber ließ sich nicht wirklich öffnen. Irgendetwas blockierte sie von innen.

Winkler holte seine Pistole aus der Ledertasche und Grabautzki drückte mit aller Kraft die Tür auf.

Beide erschraken, hinter der Tür lag Hinnog, er hatte sein Schrotgewehr noch in der Hand und sein Oberkörper war von Einschusslöchern durchsiebt!

„Sie vorne, ich hinten!“, flüsterte Grabautzki und rannte mit vorgehaltener Waffe zur hinteren Terrassentür. Die Türscheibe war zerbrochen und Acar Kaan lag blutüberströmt in einem Haufen von Scherben. Auch er wurde erschossen.

Sie schauten sich mit schockverzerrten Gesichtern an. Gleichzeitig platzte es aus ihnen heraus: „Wo ist Alev?“

Ohne auf Gefahr zu achten, traten die Beiden sämtlich Wohnungstüren auf und suchten nach ihr, aber sie war verschwunden.

„Das werden diese Schweine büßen!“, fluchte Winkler. „Genau“, meinte Grabautzki, „und zwar mit ihrem Leben!“

Langsam beruhigten sich die beiden wieder und fingen an, den Tatort zu analysieren.

Obwohl Winkler grade seinen besten Freund verloren hatte, bemühte er sich um Sachlichkeit. Er schaute sich seinen toten Freund an. *So leicht hätte sich Hinnog nicht überrumpeln lassen, es sei denn er wurde mit einer Schnellfeuerwaffe ermordet, da konnte er mit seiner alten Schrotflinte nichts entgegensetzen.* dachte er.

Grabautzki verfolgten andere Gedanken. *Warum lassen die Schweine diese Familie nicht in Ruhe, was ist so wichtig, dass man sie wie Fliegen tötet?*

Beide schauten sich ratlos an. „OK“, sagte Winkler, „BND, BKA oder LKA tun so was nicht, zu brutal! Will ich jedenfalls hoffen! Kennen Sie nicht irgendeinen, der diese Scheiß Zettel lesen kann?“

Grabautzki überlegte. „Wir könnten es mit Alfonso probieren, er ist zwar Spanier, war aber mal mit einer Türkin verheiratet. Er führt einen kleinen Gemüseladen in unserer Stadt. Ich hab mit ihm früher Fußball gespielt.“ „Gut, nichts wie hin zu ihm!“

„Aber was machen wir mit den Toten?“, wollte Grabautzki wissen. „Tote soll man ruhen lassen und die hier erst recht, denn wir ersparen uns eine Menge Ärger und Zeit, wenn wir diesen Tatort nicht melden.“

„Und was ist mit Alev?“ „Ich geh mal davon aus, dass sie noch lebt, sonst würde sie hier auch tot in der Wohnung liegen. Und wo sollten wir sie suchen? Nein wir müssen als erstes wissen, was auf diesen Blättern steht."

So unauffällig wie möglich entfernten sie sich von diesem schrecklichen Ort und begaben sich zurück in ihre Stadt.

Sie hatten Glück Als sie vor Alfonsos Gemüseladen standen, kam dieser grade mit seinem Lieferwagen vorgefahren. Ohne eine große Begrüßungszeremonie stürmte Grabautzki auf ihn zu. „Alfonso, wir brauchen Deine Hilfe, kannst Du das hier lesen?"

Er hielt ihm die Papierrolle vor die Nase. Etwas verwirrt schaute Alfonso die beiden an. „Mannomann, das klingt ja so, als geht es um Leben oder Tod!"

„Geht es auch!", erwiderte Grabautzki. „Na dann, zeig mal her!" Alfonso zog das Gummiband von der Rolle und schaute auf die Blätter. „Ja, kann ich lesen."

„Na dann legen Sie los!", herrschte ihn Winkler an. Alfonso sah Winkler mit stechenden Augen an und fragte: „Was ist das denn fürn Typ?"

„Das war mal mein Chef, aber fang trotzdem an zu lesen!"

„Na gut, wenn's dem Weltfrieden dient. Also, hier steht – Meine liebe Schwester, hiermit vererbe ich Dir im Falle meines Ablebens mein Haus in Ankara und mein Appartement in Antalia. Mein Vermögen..." Alfons hörte auf zu lesen. „Das ist ein Testament und so wie es aussieht ist es drei Seiten lang."

„Mist!", fluchte Grabautzki, „da muss doch noch was

anderes draufstehen!“ „Moment“, Alfons überschlug das Testament, „aha, hier geht’s los. Sieht aus wie ein abfotografierter Text von einem Bildschirm. Ziemlich kleine Schrift. Es scheint eine E-Mail zu sein. Absender MIT, Empfänger BND.“ Er unterbrach seine Lesung. „Das ist ja der türkische Geheimdienst, mit so einer Scheiße will ich nichts zu tun haben!“, fluchte er. „Mann, Alfons, mach Dir nicht ins Hemd, weiß doch keiner, dass Du das hier liest!“, beruhigte ihn Grabautzki. Widerwillig fing Alfons an, weiterzulesen.

„Unsere Geschäftsstelle in Ankara hat den Kostenvoranschlag Ihrer Handwerksfirma gelesen und erteilt Ihnen hiermit den Auftrag, das Gebäudeobjekt, Igidius Straße 8 in Hannover, zu sanieren. Sollten Sie Probleme bei der Ausführung bekommen, teilen Sie es uns unverzüglich mit. Unsererseits haben wir alle Bedingungen erfüllt und das Baumaterial geliefert. Wir hoffen, dass Ihre Firma den Auftrag fristgerecht zum vereinbarten Termin am 17.08. ausführen wird.“ Alfons hörte auf, zu lesen. „Tja, das war's, die letzten Seiten zeigen nur Grundrisszeichnungen von irgendeinem Gebäude.“

„Was für ein Gebäude steht in der Igidius Straße 8?“, fragte Grabautzki. „Das weiß doch jeder Moslem, dort steht eine Mochee und zwar eine sehr große und schöne!“

„Verdammte Scheiße, das ist also das Ziel!“ platzte es aus Grabautzki heraus.

„Was für ein Ziel?“, wollte Alfonso wissen. „Es ist besser, Sie wissen es nicht“, meinte Winkler, „trotzdem vielen Dank für Ihre Hilfe!“

Und Grabautzki fügte hinzu: „Wenn Dir dein Gemüseladen lieb ist, vergiss unseren Besuch und diese Zettel!“

Sie verabschiedeten sich und ließen einen vollkommen verwirrten Alfonso zurück.

Kapitel 18 – Handlungsbedarf

Ohne Umschweife begaben sich die beiden zurück an Bord der Razzle-Dazzle. Sie setzten sich unter Deck, tranken ihre 'Kreativ-Brause', sprich Rum-Cola, und versuchten, diese neuen Informationen zu verarbeiten.

„Das war es also, was Saladin Kaan und vielen anderen das Leben kostete – ein geplanter Anschlag auf eine Mochee in Hannover! Ausgeführt von einer Gruppe brutaler Neonazis in Zusammenarbeit mit dem türkischen und deutschen Geheimdienst“, stellte Winkler fest.

„Ich frag mich: Wo ist der Nutzen bei diesem perfiden Plan? Warum nimmt der türkische Geheimdienst den Tod der eigenen Landsleute in Kauf, das ist doch pervers?“, fragte sich Grabautzki.

Winkler überlegte: „Stimmt, einen Anschlag auf eine deutsche Einrichtung könnte ich noch verstehen, man hätte ihn den IS-Terroristen in die Schuhe geschoben. Ein fingierter Koranvers und russische Waffe hätten es

glaubhaft vermittelt – aber warum eine Mochee?“ Auch Winkler war mit seinem Latein am Ende. „Das einzige, was wir wissen, und das ist nicht grade belanglos, ist, wann und wo der Anschlag stattfindet und wer ihn ausführen soll: Eine Handwerksfirma! Und ich sage Ihnen Grabautzki, der verantwortliche Handwerksmeister dieser Firma heißt Walter Hammer!“
„Genau“, meinte Grabautzki entschlossen, „ und jetzt legen wir ihm das Handwerk! Räumen Sie ihren Waffenschrank leer und ich besorge mir sämtliche Adressen von diesem Typ, sei es von seinen Büros, Privatwohnungen oder Firmengrundstücken. Ich hole Sie mit meinem Dienstwagen ab und dann besuchen wir den Herrn Hammer. Und das wird kein Kaffeekränzchen!“

Bevor sie aufbrachen telefonierte Winkler noch kurz mit seinem Freund Harrass und setzte ihn über ihren neuen Ermittlungsstand in Kenntnis, mit der Bitte etwas über die Hintergründe dieses Terrorplans in Erfahrung zu bringen.

Eine Stunde später befanden sich die beiden bereits auf der A 28 Richtung Bremen.
Ihr mitgeführtes Waffen-Equipment konnte es ohne Weiteres mit dem eines SEK-Kommandos aufnehmen.
„Wo sollen wir mit unserer Suche anfangen? Adressen habe ich genug von diesem Saukerl!“, meinte Gra-

bautzki. „Tja, in Anbetracht der Tatsache, dass der Anschlag schon in zwei Tagen stattfinden soll, könnte ich mir vorstellen, dass sich die Beteiligten irgendwo zu einer Lagebesprechung oder Vorbereitung treffen. Gibt es in Ihrer Adressensammlung vielleicht so etwas wie eine Lagerhalle?“

„Ja, gibt es, und zwar in einem Gewebegebiet in Delmenhorst. Da steht eine stillgelegte Druckerei von ihm. Das wäre doch ein ideales Hauptquartier für diese Verbrecher!“ „Das klingt vielversprechend, lassen Sie uns dort anfangen!“, befand Winkler.

Es dauerte nicht lange und das Navigationsgerät in Grabautzkis Dienstwagen signalisierte 'Ziel erreicht!' Sie standen in einem heruntergekommenen Gewerbegebiet vor einem zwei Meter hohen Holzzaun, der jeglichen Blick ins Innere der Anlage versperrte.

Langsam fuhren sie an ihrem Fahrziel vorbei und parkten ihr Fahrzeug in einer Seitenstraße.

„Wie gehen wir jetzt vor?“ fragte Grabautzki. „Gute Frage, ich würde sagen, Sie kundschaften erst einmal aus, ob sich überhaupt irgendwelche Personen dort aufhalten. Wenn ja, können wir immer noch einen Plan entwickeln! Ich bleibe hier im Auto und melde mich per Handy, sollte es brenzlich werden. Schalten Sie Ihr Handy nur auf Vibrationsalarm!“

Grabautzki entsicherte seine Pistole und schlich zu dem Bretterzaun. Aus Erfahrung wusste er, dass alle

Zäune dieser Welt irgendwo eine undichte Stelle besaßen. Und er sollte Recht behalten, kurz darauf wurde er fündig. In diesem Holzbollwerk fehlten tatsächlich zwei Bretter.

Schon auf den ersten Blick konnte er im Inneren der Anlage reges Treiben feststellen. Mehrere Personen waren damit beschäftigt, einen Kleintransporter mit Holzkisten zu beladen.

Es waren fünf dunkel gekleidete Glatzköpfe, ein sicheres Indiz dafür, dass die beiden den richtigen Ort ausgewählt hatten.

Es standen noch sechs weitere Fahrzeuge auf dem Gelände, eines davon war eine schwarze Mercedes-Limousine. *„Aha“,* dachte Grabautzki, *„sieht so aus, als sei der Chef persönlich anwesend!“*

Vorsichtig löste er noch ein drittes Brett aus dem Zaun und zwängte sich hindurch. In einem günstigen Augenblick rannte er rüber zu dem Druckereigebäude und presste sich an die Fassadenwand. Er schob sich an ihr entlang, bis er zu einem vergitterten Fenster kam, das keine Scheibe mehr besaß.

Als er unauffällig hindurchschaute, sah er fünf weitere Personen an einem langen Tisch stehen. Aufgrund ihrer Kleidung und ihres Aussehens konnte man sie eindeutig der rechten Szene zuordnen.

Hochkonzentriert banden sie Dynamitstangen zusammen und befestigten irgendwelche Drähte an ihnen.

Als er seinen Blick weiter durch den Raum schweifen

ließ, traute er seinen Augen nicht. In der hintersten Ecke sah er Alev. Sie war an einen Stuhl gefesselt und ihr Kopf hing nach vorne über. Sie war wohl ohnmächtig. Vor ihr stand ein älterer Mann, so um die 65 Jahre alt. Er trug einen dunkelblauen Anzug und Lederhandschuhe.

Dieser Mann schüttelt resigniert seinen Kopf, wahrscheinlich versuchte er immer noch eine Information aus Alev herauszuprügeln.

Als dieser Typ sich umdrehte, erkannte Grabautzki ihn sofort. Es war das Oberarschloch Walter Hammer! Grabautzki hatte ein Foto von ihm im Internet gesehen.

„OK, genug Informationen gesammelt!“, dachte er und schlich zurück durch den Zaun und eilte zu Winkler.

Aufgeregt berichtete er ihm: „Die ganze Drecksbande ist dort vor Ort, sogar unser Walter Hammer. Und jetzt kommt's: Alev sitzt dort gefesselt auf einem Stuhl!“

„Bingo!“, meinte Winkler, „wie heißt Andie mit Nachname?“ Grabautzki schaute Winkler verständnislos an.

„Na, -An die Arbeit- natürlich.“

Ohne weiter auf den blöden Spruch einzugehen, öffnete Grabautzki den Kofferraum und holte zwei schwere Reisetaschen heraus. Wie man unschwer erraten konnte, befanden sich ihre Waffen darin. Dann machten sie sich auf den Weg zum Zaun. Um Winkler auf die andere Seite zu bringen, musste Grabautzki noch zwei weitere Bretter aus dem Zaun brechen, Winkler war einfach zu dick.

„Sehen Sie dort den alten Überseecontainer?“ Grabautzki zeigte auf ihn. „Beziehen Sie dort oben Stellung und nehmen Sie Ihr Gewehr mit, Sie wissen schon, das mit dem Zielfernrohr. Von dort aus haben Sie freien Blick durch das Fenster in den Innenraum des Gebäudes.

Bevor wir diesem Pack einheizen, versuche ich Alev zu befreien!“

„Klingt ja tatsächlich nach einem Plan.“ Winkler grinste. „Aber wie wollen Sie Alev da rausholen?“

„Ich nehme die UZI hier, die kleine Maschinenpistole, und versuche die Typen damit in Schach zu halten. Sobald ich mit Alev in Sicherheit bin, zielen Sie auf den Sprengstoff, der sich auf dem Tisch befindet. Das wird ein riesen Hallo für diese Wichser.“

„OK“, meinte Winkler und kletterte ohne Widerrede auf den Container.

Beiden war klar, dass sie mit dieser Aktion ein Massaker anrichten würden. Aber sie wussten auch, dass sie Prioritäten setzen mussten. Diese Verbrecher mit ihrem verblendeten Weltbild planen, unschuldige Menschen zu töten und der einfachste Weg um dies zu verhindern ist, sie zu liquidieren. Das entspricht zwar nicht den Vorstellungen von Alev, aber Grabautzki und Winkler waren sich einig, dass diese Typen mit ihren Taten auch ihre Lebensberechtigung verwirkt hatten.

Ihnen war auch klar, dass sich unter diesen Terroristen vielleicht sogar V-Männer des BND befinden könnten, aber das war nicht ihr Problem. Denn wer sich in Gefahr begibt, kann darin umkommen.

Und dass der eigene Staat seine schützende Hand über diese Verbrecher hielt, machte beide wütend.

Sie waren Polizisten geworden, um diesen Rechtsstaat zu sichern und zu verteidigen. Aber dieser Fall hatte sie von dem hohen Ross des ethischen Verständnisses herunter gestoßen.

Beide hatten sich innerlich von ihrem Job als Polizeibeamte verabschiedet. Winkler bedingt durch sein Alter, schon etwas früher.

Was jetzt folgte, war blinder Aktionismus.

Grabautzki trat eine Seitentür auf. Einer dieser Nazischergen zog eine für seine Verhältnisse stilvolle Pistole, es war eine alte P8, die Standartwaffe der Wehrmacht. Bevor dieser Trottel das alte Ding auf Grabautzki ausrichten konnte, hatte er ihn schon mit einer Drei-Schuss Salve niedergestreckt.

Alev war von der Ballerei aufgewacht und starrte ihn ungläubig an. „So, meine Herren des fortgeschrittenen Schwachsinns, alle dort an die Wand!“, befahl Grabautzki. Dabei richtete er seine Waffe nicht auf einzelne Personen, sondern zielte direkt auf den Tisch mit dem Dynamit.

Dann folgte von ihm eine weitere kurze Anweisung. „Hier, Du Penner in dem Anzug, binde sofort diese Frau los, sonst schieß ich Dir die Eier weg!“

Es war schon fast rührend, wie diese muskelbepackten Vollidioten seinen Befehlen folgten.

Widerwillig befreit Walter Hammer Alev von den Fesseln. Sofort taumelte sie rüber zu Grabautzki, der sie schützend in den Arm nahm.

Dann sagte Grabautzki in einem übertrieben freundlichen Ton: „Wenn die Herrschaften heute Abend noch gemütlich zuhause vorm Kamin Ihre Lieblingslektüre 'Mein Kampf' lesen wollen, verfolgen Sie mich bitte nicht!“

Diese Bemerkung war natürlich komplett überflüssig, denn außer Walter Hammer hatte noch nie einer von ihnen ein Buch gelesen.

Als Alev und Grabautzki sich rückwärtsgehend dem Ausgang näherten, standen plötzlich die Glatzköpfe hinter ihnen, die mit dem Beladen des Transporters beschäftigt waren. Sie trugen zwar keine Schusswaffen aber hielten Baseballschläger in ihren Händen.

Grabautzki drehte sich um, schnipste mit dem Zeigefinger an dem kleinen Hebel seiner UZI und stellte das Ding auf Dauerfeuer.

Die schnelle Schussfolge war dann auch umwerfend, alle fünf Glatzköpfe lagen kreuz und quer übereinander auf dem Boden und röchelten blutüberströmt vor sich hin.

Die beiden stiegen über den sterbenden Haufen hinweg und als sie weit genug von dem Gebäude entfernt waren, suchte Grabautzki Sichtkontakt zu Winkler.

Das letzte was die beiden hörten, war der schreiende Befehl von Walter Hammer: „Legt diese Schweine um!"

Aber Winkler hatte schon den Abzug seines Gewehrs betätigt, und in Bruchteilen von Sekunden bahnte sich eine Kugel den Weg durchs Fenster, direkt auf den Tisch mit dem Dynamit zu.

„Alev und Grabautzki konnten auch eine halbe Stunde nach der Detonation immer noch nicht richtig hören. Aber sie lebten.

Langsam und nachdenklich fuhren sie auf der Autobahn Richtung Heimat. Irgendwann durchbrach Alev die Stille und sagte: „ Euch ist schon klar, dass Ihr grade elf Menschen getötet habt!"

Winkler und Grabautzki schauten wortlos auf die öde

Autobahn vor ihnen. „Trotzdem vielen Dank, dass Ihr mich gerettet habt. Woher wusstet Ihr eigentlich, dass ich dort war?“ „Das war reiner Zufall, eigentlich haben Sie es Ihrem ermordeten Bruder zu verdanken, er war es, der uns auf die Spur der Täter gebracht hat“, meinte Winkler.

Dann fing Grabautzki an zu reden: „Du weißt es vielleicht nicht, aber diese Typen planten, eine Mochee in Hannover in die Luft zu jagen. Aber ihr Vorhaben ist ihnen nun selbst zum Verhängnis geworden.

Was wollte eigentlich dieser Herr Hammer von Dir wissen?“

„Ich glaube, es ging ihm darum zu erfahren, wer alles von diesem geplanten Anschlag wusste. Insbesondere interessierte er sich dafür, inwieweit der türkische Geheimdienst in seine Pläne involviert war. Er hielt nämlich meinen Bruder und mich für türkische Agenten.“

„Tja, da hatte der Herr Hammer wohl eine dunkle Vorahnung“, meinte Winkler, „denn der BND und der türkische MIT kannten seine Pläne ganz genau, sie haben sogar die Mittel dafür besorgt – Waffen und Sprengstoff.“

„Um eine Mochee in die Luft zu jagen? Das glaub ich nicht!“ „Das konnten wir auch nicht glauben, aber genau das war es, was Ihr Bruder herausbekommen hatte. Er muss es irgendwie geschafft haben, sich in die Computer der Geheimdienste einzuloggen. Und das wiederum entdeckte der türkische Geheimdienst und so wurden Sie und Ihr Bruder zu gefährlichen Mitwissern. Walter Hammer wusste es wahrscheinlich nicht, dass der ganze Waffenscheiß von den Türken stammte und der BND über alles im Bilde war, ihn aber stillschweigend gewähren ließ. Hammer wollte lediglich aus niedrigen Beweggründen Moslems töten. Das Motiv der Geheimdienste ist uns aber weiterhin ein Rätsel!"

So kam es, obwohl sie einen Terroranschlag im Keim erstickt hatten, dass sie unbefriedigt und mit Ratlosigkeit in den Gesichtern ihrer Kleinstadt entgegenfuhren.

Zuhause angekommen, verzogen sich die Drei in Trixis Kneipen-Küche und versuchten sich das Erlebte aus dem Gedächtnis zu saufen, als plötzlich Winklers Handy klingelt. Sein alter Freund Harrass war dran.
„Mannomann, da habt Ihr ja ganze Arbeit geleistet!"
„Was meinst Du damit?", fragte Winkler scheinheilig.
„Naja, das Ding mit der Druckerei in Delmenhorst natürlich! Aber keine Angst, offiziell war es eine Gasexplosion, bei der es elf Tote gab. So steht es Morgen jedenfalls in der Zeitung.
Ihr werdet also keinen Orden dafür bekommen, aber Ihr seid aus dem Schneider. Das ist die Macht des BND!" „Auf den Orden ist geschissen! Aber erkläre mir doch bitte, warum eine Moschee?"

„Naja, der deutsche und der türkische Staat haben ein gemeinsames Problem und zwar den nicht abreißenden Strom von Flüchtlingen aus den Kriegsgebieten muslimischer Länder. Die Geheimdienste der beiden Staaten sollten sich unabhängig voneinander dieser Problematik annehmen. Irgendwann sind sie dann gemeinsam auf die Idee gekommen, dass ein Anschlag auf eine Moschee in Deutschland, angeblich verübt von IS-Terroristen, eine abschreckende Wirkung auf die muslimischen Flüchtlinge haben könnte.

Die Geflüchteten sollten das Gefühl bekommen, sie seien zu Verrätern ihres eigenen Glaubens geworden und somit der Rache des IS schutzlos ausgeliefert, egal in welchem Land sie Zuflucht suchen.

Sollte dieser Plan nicht aufgehen, hätte es trotzdem noch einen brauchbaren Nebeneffekt für beide Staaten, es würde zu einer drastischen Verschärfung der Asylpolitik führen.

Mit der Ausführung dieses perfiden Plans wählte man die rechte Terrorgruppe von Walter Hammer. Der BND schleuste V-Männer bei ihr ein, die es verstanden Walter Hammer für diesen Anschlag zu motivieren. Er selbst hatte es nicht begriffen, dass er nur eine Marionette der Geheimdienste war. Und die Geheimdienste haben nicht damit gerechnet, dass zwei Dorfpolizisten ihre ganzen Pläne zunichte machten!"

Harrass war mit seiner Erklärung am Ende und Winkler ließ sein Handy wortlos in seiner Ledertasche verschwinden. „Was ist los?“, wollte Grabautzki wissen. Winkler lehnte sich zurück und nahm einen tiefen Schluck aus seinem Rum-Glas. Sein Blick fiel ins Leere und leise sagte er:

„Eine kaputte Welt!“

Epilog

Eine Woche später wurden die Leichen von Hinnog, Saladin und Acar Kaan freigegeben. Die Morde an Hinnog und Acar Kaan wurden als ungeklärte Raubmorde deklariert. Saladins Fall übernahm natürlich das BKA.

Hinnog bekam eine christliche Seebestattung. Alev aber reiste mit der Asche ihrer Lieben zurück in die Türkei um sie dort zu beerdigen. Außerdem wollte sie den Nachlass ihres Bruders regeln.

Zwei Wochen später fand man ihre Leiche an einem kleinen Strand in der Nähe von Antalya. Offiziell war es ein Badeunfall!

Als Grabautzki davon unterrichtet wurde, fuhr er mit seinem frisch reparierten Volvo zu seiner Dienststelle, betrat Töpfers Büro, der nicht anwesend war, und ging hinüber zu dessen Schreibtisch. Öffnete die Schreibtischschublade und pisste in sie hinein. Dann verschloss er sie wieder und legte ein Blatt Papier auf den

Tisch. In knappen Worten an seinen Vorgesetzten quittierte er damit seinen Dienst als Polizeibeamter.

Arbeitslos aber zufrieden stieg er in sein Auto und fuhr fort.

Vielleicht war es dann doch noch ein Zeichen Gottes - wessen Gott ist unklar - aber Pedro Castello kam kurz darauf bei einem Flugzeugabsturz ums Leben. Nur BND und MIT hüllen sich bis heute in Schweigen, als hätte es diese Geschichte nie gegeben.

Die Sommertage neigten sich dem Ende zu. Trixi und Winkler saßen an Deck der Razzle-Dazzle und genossen bei einem Glas Wodka-Lemon die letzten Sonnenstrahlen, als sie plötzlich durch ein lautes „Ahoi“ aufgeschreckt wurden. Ein 14 Meter langes, holländisches Plattbodenschiff mit rotbrauner Besegelung machte längsseits an ihrem Schiff fest. Trixi und Winkler mussten schmunzeln, der Kapitän dieses Schiffes war Grabautzki.

„Geiler Kahn, nicht wahr?“, rief er zu ihnen herüber, „und morgen ist Schiffstaufe. Ihr seid eingeladen!“

„Wie soll Dein Schiff denn heißen?“, wollte Trixi wissen. Grabautzki wurde etwas ernster und sagte:

„Alev!“